中公文庫

出張料亭おりおり堂

ふっくらアラ煮と婚活ゾンビ

安田依央

中央公論新社

目次

出張料亭おりおり堂

――ふっくらアラ煮と婚活ゾンビ――

卯月《うづき》

セレブママ会の鯛供養《たいくよう》

また、船を見送った。

寒い。

つい眉間《みけん》にしわを寄せてしまいそうになり、山田澄香《やまだすみか》、三十二歳は慌てて笑顔を作った。いかんいかん。不平不満を胸に抱けば、かならずや顔に出てしまい、幸せを遠ざけるというではないか。何かの恋愛指南書で読んだ情報を思い出し、自分に言い聞かせる。

いいこと、澄香。と妄想の中に暮らす自分が、お花畑で遊ぶ少女のように語り始める。

今、私たちはウォーターフロントのおしゃれなオープンカフェで、傾《かたむ》きかけた陽ざしを受けて、きらきら輝く水面を見ながら、お茶をしている最中なの。男女同数。友人の結婚式の余韻もさめやらぬ、甘いふわふわした空気に包まれて、笑いさざめく。あーなんてロマンティック！　うふふ。そうよ、きっと私にも素敵な出会いが……。

だが、現実はどうだ。ペラペラした素材のゲストドレスにボレロをはおっただけの格好である。大きく開いた胸元といい、短いスカート丈といい、春まだ浅い三月の風にさらされるには、あまりに寒かった。

自虐《じぎゃく》ネタにして大笑いしたいところだったが、それは許されない。

自分が今浮かべるべきは、ふんわりした優しい笑顔だった。ただでさえ、澄香は他の列席者より年が上なのだ。とっつきにくいとか、不機嫌だとか、ネガティブな印象を抱かれるのは避けたい。煙たがられ、孤立、などという事態に陥《おちい》っては自分も辛いし、何より招待してくれたユミに申し訳が立たない。

新婦のユミは、澄香より六歳下の友人だ。そして、新郎はユミよりさらに三つも若い。つまり、ここにいるのは、ユミと同世代の二十五、六歳の女子。男子に至っては、まだまだ学生気分が抜けない若者たち——いや、それどころかリアル学生さえいるのだ。

ユミと彼はデキ婚だ。彼は新卒社会人だし、ユミは澄香の派遣仲間。あまりお金のないカップルなので、結婚式自体が手作りのパーティーで、それが既《すで》に二次会のノリだった。

新郎新婦は、そのまま挨拶《あいさつ》回りの旅に出かけた。遠くの親類縁者を行脚《あんぎゃ》して、ご祝儀をいただくのが目的だそうだ。

若い二人の船出を見送った後、友人男女がお茶をする場所を探して、大人数でうろうろし、ようやく腰を落ち着けたところだ。

寒い、早く何とかしろ、段取り悪い。などと色々文句を言いたいところではあるが、それができるようになるにはそれなりの経験が必要なのだろう。年長者としては温かいまなざしで若者を見守ってやらねばならないのだと自分に言い聞かせる。

内心うんざりしながら、澄香は静かに微笑《ほほえ》んだ。


「えぇーっ。山田さんって三十代なんすか？　うわあ、びっくりした。せいぜい一、二コ上ぐらいと思ってたよ。あ。って、こんなタメ口で喋《しゃべ》ってちゃまずいですよね」

澄香の年齢を知った時のユミの反応だ。

これってイヤミ？　イヤミなのか、と思ったが、だとすればなおのこと、こんな直球の嫌がらせに負けてはアラサーの名がすたる。澄香は最上級の無神経ぶりを発揮して言った。

「えっ、ヤダー。やめてよ。タメでいいのよ」

澄香は笑い飛ばしたあとで、斜めに顔を傾け、髪をかき上げた。

「なんかさ、私って、若く見られがちなんだわ。ホラ、自分磨《みが》きを怠《おこた》らないっていうか？流行にもアンテナ張ってるじゃん。だからかな、あんまり劣化しないっていうかさ」

「わはは。おもしれえ。あんた、面白いっすねえ」

がさつな態度で笑い飛ばされ、澄香はびっくりした。

ユミと知り合ったのは派遣会社主催のメイク講習会だ。たまたま隣り合わせたのだ。

澄香もここに来るまで知らなかったのだが、メイクにも流行があるらしい。

この講習会で教えてくれるのは好感度の高い社会人メイクである。流行《はや》りから外れず、かつ、主張しすぎないという難易度の高さだ。

澄香は長いこと、とりあえず何らかのメイクをしていれば無難に過ごせると考えていたのだが、今いる就業先の会社では正社員、派遣ともに女子社員の容姿レベルが高く、いささか居心地の悪い思いをしていた。

派遣会社でも就業先でも、澄香が目指すのは十人並みだ。良い意味でも悪い意味でも目立つのは避けたい。周囲が華やかならば、それに合わせなければ浮いてしまう。

澄香が登録している会社はこういった福利厚生が充実しており、他にもヨガや英会話といった自分磨きの時間を提供してくれていた。そこで知り合う派遣社員たちはみな美しく、洗練された立ち居振る舞いをする。

だが、上品に話す（これもそのための講座がある）派遣社員たちの中で、ユミの態度は常軌《じょうき》を逸《いっ》していた。

澄香は、参加者の机を回り実践指導をしているメイク講師の目を盗み、声をひそめて言う。

「ちょっと、面白いってアンタ、私が真剣に言ってたらどうすんのよ」

「いや、だから、それならそれで面白いって」

ユミは派遣会社の担当にメイクが個性的すぎるとダメ出しされて、ここへ送りこまれて来たらしい。

なるほど、彼女は他の同僚女性とは違うようだ。

そんなユミも就業先では彼女なりに周囲と同化する努力をしているらしい。なのに馬脚《ばきゃく》が出ちまうんだ、なんでだよー、と帰りに寄ったカフェで嘆く姿は酔っ払ったサラリーマンさながらだった。

「ウチはさ、これ、女装だと思ってるから」

なるほどと思った。

別にユミが男っぽく見えるということではなく、与えられた役割をきちんと演じる必要があるという意味なのだろう。

ましてや、澄香たちは派遣だ。事務処理に関してはそれなりのスキルがあっても、専門職のように特別秀でた能力があるわけではないし、正社員のようにはっきりした形で会社へ貢献するチャンスもない。

個別の名前で認識される立場ではなく、事務をこなす派遣として、いくらでも替わりのきく記号のようなポジションなのだ。

そこに個性は必要なく、むしろ邪魔だ。与えられた枠にきちんとはまり込むことが重要なのであり、悪目立ちするのは無用な軋轢《あつれき》を生むばかり。得策ではない。

そういう意味では、女装というよりむしろ擬態《ぎたい》なのではないかと澄香は思っていた。

本来の姿を隠し、「普通の派遣ＯＬ」というものに擬態して身を潜《ひそ》めるイメージだ。ただしその擬態は獲物を捕らえるためのものではない。ただただ、群れから排除されないよう目立たず無難に日々を過ごすためのものなのだ。


ようやく落ち着いたカフェで、澄香はユミの友人たちと話をしていた。さすがにユミの友達はおしゃれな子が多く、今日のドレスとかアクセとかネイルとかで話がはずむのだけど、新郎の友人たちとは既《すで》に話がまったくかみ合っていなかった。

若すぎるのだ。

確かに澄香は現在、婚活中の身の上ではあるが、およそ十歳近く年下の若者たちを相手に目の色を変えるなどという芸当はできなかった。これればかりは年齢相応に育ったプライドが邪魔をする。

もっとも、婚活中と自称しているが澄香は婚活にも大して乗り気ではなかった。

ただ、周囲が一斉《いっせい》に結婚に向かって進み始めている中で一人、興味を示さないのもおかしいらしいのだ。

「なんで？　結婚したくないの？」と問われたのは前の前にいた会社でのお昼休みだった。

「あー、あんまり興味ないんだよね」

「ふうん。そうなんだ。なんか打ち込んでることがあるとか？」

「別にないんだけど」

何の気なしに答えた澄香に、周囲の「普通のＯＬ」たちが見せた顔は忘れられない。これは異質のものだ。触れてはならないものだ。理解できない。

そんな空気をひしひしと感じた。

声に出して言われたわけではないし、被害妄想なのではないかと思わなくもなかったが、その日を境にして、明らかに彼女たちは澄香と距離を置くようになったのだ。

なるほど、打ち込むこともないのに結婚に興味がないのは異常なことらしい。わざわざ避ける理由もないのだからと、澄香は婚活を始めることにした。

「あー婚活するなら一刻も早くしないと優良物件はどんどん売れていくわよ」

「自分の年齢ちゃんと考えないとさ。女の武器って若さだけなんだよ」

あなたはもう若くないのだから、とお節介な誰かが付け加える。

そんなこともないだろうと思ったが、実態はそれ以上だった。

婚活市場において、何故《なぜ》か男は年若い女性を希望する。

「子供のことを考えると、やっぱ二十代までだよね」などと、一般社会であればたちまちセクハラ認定されそうな禁忌《きんき》ワードが当然のようにまかり通る世界だ。そこには遠慮も配慮も何もない。残酷なまでに分かりやすかった。

澄香に対し、多少好意を抱いていたように見えた相手でも、年齢を聞いた途端に目の前からすっと消えた。

「三十過ぎとか、オバサンじゃん」

二十代の男はおろか、四十、五十の男でさえ嘲《あざけ》るように口にする、その言葉がすべてなのだ。

考えてみれば、澄香には確かに飛び抜けた容姿も高い年収もない。そもそも武器らしい武器を持たないのだ。若い方に価値があると言われても反駁《はんばく》することさえできない。

澄香がどんな人間であろうと、相手との相性が良かろうが悪かろうが関係ない。そこに至る前に切り捨てられてしまうのだ。

何度目かの婚活パーティーで、二十人近い女性と並ぶ。清楚《せいそ》でふんわりした服装にメイク。みながみな同じような姿だ。たまに同性から見て、おしゃれだなと思う子や、ロック好きらしい個性全開の子もいたが、分かりやすく男性陣から敬遠されていた。

ピンク色のハートの名札には名前と趣味を書いて胸に付ける。

ちなみに澄香の趣味は「料理」だ。当初、読書と書いていたのだが、観察していると、男受けがいいのは圧倒的に「料理」らしいので変えたのだ。はっきり言って嘘である。

ここでは個性など邪魔なだけだ。

澄香は不意におかしくなってきた。

婚活市場に何人の女がいるのか知らないが、全員が同じような姿で、好感度の高い笑顔を浮かべているのだ。

まるで小ぎれいなゾンビの群れのようだと思うともうダメだった。笑いが止まらない。

ぞろぞろと将来有望な結婚相手に向かって進んで行くのだ。

ただ、自分の前を行くゾンビたちには蘇生《そせい》の可能性があるとも思っていた。

婚活はパーティーだけではないのだ。どこかで似合いの相手を見つければ、やがて本来の自分を取り戻して、人間として付き合っていくことも、ゴールインすることも可能だろう。

だが、ゾンビ群の一番後ろからぼんやりついて行っている澄香は多分、一生、ゾンビのままだと思われた。

本来の自分の中身がどこに行ってしまったのか。見つからないのだ。

結局、カフェでお茶しただけで、一行は解散した。女の子たちがごはんに誘ってくれたが、約束があるからと、とても残念そうな顔を作って断った。何と言うのか、若い子たちに話を合わせているのが、すごく疲れるのだ。

「可愛いー」だとか、「きゃあ素敵っ」だとか、甘ったるくも華やかな感嘆詞を口にし続けておかなければ、魔法が解《と》けて、女のなりそこないみたいな自分本来のみすぼらしい姿をさらすことになってしまいそうで怖かった。

だが、それをずっとやっているのはしんどい。それは就業先にいる時でも同じだ。

そして、最近その持続時間がどんどん短くなっている自覚があるのだ。


いかにも結婚式帰りという髪型とドレスに、軽いが妙にかさばる引き出物の入った紙袋を持って、一人、夕暮れの街を歩いている。このまま帰るのも物足りないが、この格好で、一人、飲み屋に入るのはさすがに憚《はばか》られた。こじゃれたリストランテとかだって同じことだろう。

新婦の友人というものは、主役の花嫁を引き立てつつ、会場に花を添える役割を期待されている。そして、こんなペラペラしたドレスを着て、頭に花を飾っているような女子は、基本、複数で、つるんで行動するものだ。一人、酒場で熱燗《あつかん》でも頼んだ日には、ああかわいそうにねえ。ま、人生、色々あらぁなどと、うっかり要らぬ同情をされかねなかった。そんな風に人目を惹《ひ》くのも我慢がならない。同じ結婚式の帰りでも、もう少し落ちついた服装ならば、それほど悪目立ちはしないのだろうが、若作りに一人めしを阻《はば》まれた格好だ。

せめて目立たず、ごはんの食べられる店はないかと、いつもは通らない道に入ってみる。

デパートや高級ブランドの路面店などが立ち並ぶメインストリートから、横へ横へと逸《そ》れていくうち、見知らぬ景色に出会った。

お稲荷《いなり》さんを祀《まつ》った小さな社《やしろ》があったり、どこにも通じない不思議な階段があったり。生《お》い茂る樹木に埋もれるようにして立つレトロな喫茶店、立派な破風《はふ》のある銭湯、和菓子屋に豆腐屋。路地裏を覗《のぞ》けば、一杯飲み屋、焼き鳥、寿司屋などが軒《のき》を連ねている。

古い街並みがそのまま残っているのだ。直線距離でみれば、今の会社からそう遠くはない場所に、まるで時間が止まったような空間がひっそりと存在していることに驚く。

「うっ。それにしても歩きにくいな……」

細いヒールが石畳《いしだたみ》にひっかかり、澄香は何度かつまずいた。

立ち止まって見ると、この辺りの石畳は、ずいぶん古いもののようで、でこぼこと不揃《ふぞろ》いの石が並び、歩きにくいことこの上ない。やれやれと思っていると、何やら軽快な音が聞こえてきた。

下駄《げた》のようだ。カラコロと、木が石畳に打ち付けられるリズミカルな音が辺りに響いている。

数メートル先、煉瓦塀《れんがべい》に沿って和服姿の老婦人が歩いていた。

「あ……」

レトロな洋館の前だ。横丁に沈みかける西日を受けて、彼女はまるで金色の光の中に浮き上がっているように見えた。柔らかく結いあげた白髪に、ざっくりした織りの茶色の着物がとてもよく映《は》えている。

　着物のことは分からないが、ことさら着崩しているわけではないのに、身体によくなじんだ印象で、すごく粋《いき》な感じがするのだ。

　澄香は反射的に老婦人の後を追いかけた。

　別に何をしようというつもりもないのだが、もうちょっとよく見たい。

　とにかく素敵な人なのだ。歩いているだけなのに上品というのか、佇《たたず》まいが美しい。遠目にも姿勢が良いのが分かるし、しゃきしゃきとした身のこなしに、すっと前を見る目線。

「凜《りん》とした」という表現がぴったりだった。

　胸が高鳴る。まるで、街で人気モデルにでも出会ったような気分だ。

　角を曲がった老婦人は、一軒の店に入ろうとしていた。

「帰りましたよ」

からからと格子戸《こうしど》を開けて、慣れた様子で内に入る。高すぎず低すぎず、あくまで自然体なのに、よく通る声だ。

　俄然《がぜん》、テンションが上がった。

　不思議なもので声の響きから分かる気がする。彼女は竹を割ったようとでも評するのがぴったりの、まっすぐな気性の持ち主に違いないわ、などと一人勝手に盛りあがりつつ高いヒールで石畳を行く。とはいえ足も痛いし、何やら腰まで重くなってきたようだ。

ふらふらと店先に近づいた澄香は、看板を見あげた。

いかにも由緒ありそうな店構えだ。大正モダンとでもいうのだろうか。木の格子の右手には、すりガラスの窓、左側は腰高のショーケースになっている。中には、ごつごつした焼き物の片口《かたくち》が置かれ、椿が一枝活《い》けてあった。

和洋折衷《せっちゅう》の古めかしい木の看板には立派な書体で『骨董《こっとう》　おりおり堂』と揮毫《きごう》されている。店先に置かれているのは焼き物の大きな壺《つぼ》だ。

さっきの老婦人は、骨董屋の女主人といったところか。

うん、ぜったいそう！　あの奥様の美しい佇まいにぴったりのお店だわ。

澄香は、いつかカフェで見たオシャレ雑誌のグラビアを思い出しつつ、考える。

中に入ってみたいが、骨董屋とは少々敷居が高い。まして、今日のこの格好だ。また出直そうかと思っていると、目の前の格子戸が開いた。

「どうぞ、お入り下さいな」

澄香は思わず目を見ひらいた。

彼女だ。老婦人は「老」などと呼ぶのが憚られるほど若々しい。とはいえ、無理なアンチエイジングとかで若作りをした、いやみな若さではなかった。年齢相応に皺《しわ》もあるのだが、それさえ魅力に変えてしまうような、あたたかい笑顔だ。

元々の顔だちが美しいせいもあるだろうが、薄く引いたコーラルピンクの口紅が白い肌によく似合っている。

「あ、いえ、でも……私、骨董なんてぜんぜん分からなくて」

澄香は慌てて身を引いた。

「あら、ご覧になるだけでも楽しいわよ。さあ、遠慮なさらずに」

老婦人のほがらかな笑い声に、こちらまで嬉しくなる。


ほのかにコーヒーの香りが漂う店内は、思いがけず広かった。

天井からつり下げられた西洋アンティークのランプシェード、壁に埋め込まれたイタリア風の洒落《しゃれ》たライト。和のうつわを照らす、ほのかな行灯《あんどん》の明かり。様々な光源から投げかけられる光の加減で複雑な立体感が生み出されている。

おしゃれだ。澄香は、ほうと溜息をついた。店の左右の隅にはかなり大きな木のスピーカーが置かれ、渋いジャズが流れている。

骨董というと、カビくさくも高価なものが陰鬱《いんうつ》に並ぶのを想像していたが、まったく違った。気さくな店主そのままに、普段使いを提案するような陳列がなされ、古い小裂《こぎれ》や帯がランチョンマット代わりに敷かれていたり、ガラスの酒器と蒔絵《まきえ》の漆器が並んでいたり、といちいち気がきいていて楽しい。

「わあ、おしゃれですねー。骨董って、もっとむずかしいのかと思ってました」

澄香が言うと、老婦人は、ほほほと笑った。

「古いからといって珍重されるものもあるけれど、うつわは暮らしの中で使われてこそ値打ちがあると、わたくしは思っていますの」

そう言いながら、手近なお皿を取って、照明にかざし、彼女は嬉しそうな顔をした。見ているこちらまで幸せになるような笑顔だ。

うーん、何か買っちゃおうかなあ……。

蕎麦猪口《そばちょこ》や小皿など、ちょっとがんばれば、澄香にも買えそうな価格のものが沢山あるのだ。

澄香は、うきうきと店内を見まわした。

奥の一角が漆喰《しっくい》の壁で仕切られ、部屋になっている。墨文字で書かれた「おしながき」のメニュースタンドが置かれているのを見ると、どうやらカフェスペースのようだった。

歩くときしむ古い板張りの床に、こつこつとヒールの音が響く。漆喰の壁を回り込んでみると、内側は少し赤みがかった漆喰で塗られている。ピンクと呼ぶにはあまりにも自然で、ぬくもりのある色味だ。黒く塗られた梁《はり》や柱との対比が美しい。

四角い木のテーブルが二つと、座り心地の良さそうな椅子が四脚ずつ。レトロなデザインで、翡翠色《ひすいいろ》の布が張ってある。三方に棚が造りつけてあり、ここにも陶器や磁器などが並ぶが、箱に入ったままのものも多く、少し雑然とした印象だ。

「そこはカフェなのだけど、わたくしは歳時記の部屋と呼んでいるの。ごめんなさいね、今日は展示替えの途中で、お見苦しくて」

「歳時記？」

言いかけて、澄香は、はっとした。カフェスペースの奥が一段高いカウンターになっており、その中に人がいたからだ。

背後にグラスや食器、果実酒の瓶などを収めた棚。カウンターから張り出した形の釣戸棚にはレコードがずらりと並んでいる。丁度、音楽が途切れたところで、彼は身を乗り出すようにして、入れ替えたレコード盤に針を落とそうとしているところだった。

低音の女性ボーカルの声が、すっと辺りに流れ出す。

白いシャツを着た若い男性だ。癖《くせ》のある長めの髪を後ろでくるりと結んでいる。

そっとプレーヤーのガラス蓋《ぶた》を閉める、彼の佇まいに澄香は目を奪われていた。

若すぎず年寄りすぎず、実にいい頃合いの青年だ。憂《うれ》いを帯びた表情に照明があたり、彫りの深い顔立ちに陰影を与えている。並外れたイケメンだ。ドングリ型というのか、オタマジャクシ型というべきか。切れ長の大きな目は湖面のように静かで、ガンダーラ仏を彷彿《ほうふつ》させる。

彼は澄香に気づくと、照れたような顔で笑い、会釈をした。

はにかんだような笑顔に、胸をつかれたようになる。

「ねえ、あなた。お腹空《す》かない？」

後ろから、ひょいと顔を覗かせ、老婦人が澄香に言った。

「何だか小腹が空いちゃったわ。もしよろしければ、お食事ご一緒にいかが？　といっても、ほんの軽食程度ですけど」

「え、でも……」

恐縮する澄香を、老婦人は踊るような身ごなしでエスコートし、二つあるテーブルの一つに座らせた。ぱりっと糊《のり》のきいたテーブルクロスに、思わず姿勢を正してしまう。

「ねえ、仁《じん》さん。何かおいしいものを食べさせてちょうだいな」

「かしこまりました、オーナー」

夢でも見ているような気分だった。

オーナーの老婦人は、桜子《さくらこ》という名だそうだ。若く見えたが、八十をいくつか過ぎているらしい。

指には、大きなトパーズをあしらった指輪が一つだけはめられている。意外にも和服によく似合うアールデコ調のデザインで、十九世紀のアンティークだそうだ。

はぁ。素敵すぎますわ、桜子さま。いちいち、うっとりしてしまう。

十分も経《た》たないうちに、運ばれてきた小鉢を見て、澄香は言葉を失った。

う、美しい……。

うつわや料理もだが、何より、仁と呼ばれた青年の手が美しかったのだ。腕まくりしたシンプルな白いシャツ。たくましく覗く腕に、すんなりした長い指。ごつごつした節が男性的だ。短く切り揃えられた爪も清潔で好もしい。

「まあ、仁さん。おいしいこと」

いち早く箸《はし》をつけた桜子が明るい声をあげた。白地に藍色《あいいろ》の絵が描かれた素朴なうつわに盛られているのは、うどとほたるいかの和《あ》え物だ。勧められるまま箸をつけ、口に運んだ澄香はびっくりした。

「本当に。すごくおいしいです」

ここは一体どこの高級料理店かと思うような一品だ。

「これはお酒を少し頂かなければ。あなたも召し上がるでしょう?」

「は、はい」断る理由など、どこにあろう。

桜子がいそいそとカウンターから大吟醸《だいぎんじょう》の瓶を抱えて戻ってきた。きれいな赤の足つき杯に、酒が注がれる。

ほたるいかに、ぴりっと辛子《からし》のきいた酢味噌《すみそ》。しゃきしゃきしたうどの香りが満ちた口中に、少し甘みのある日本酒がとろりと拡がる。思わず、ふううと、ため息がもれた。

「そういえば、さっき歳時記とおっしゃいました?」

「ええ、そうなの。せっかく美しい四季のある国に暮らしているんですもの。もっと身近に季節を感じられるといいなと思って、暮らしに取り入れる工夫をいろいろとね」

　へえ、季節かぁ……。

　そういえば、あまり意識したことがないなと考える。澄香は生まれも育ちも東京近郊のベッドタウンで、祖父母も近くに住んでいたため田舎《いなか》と呼べるような場所がなく、あまり身近に季節を感じるような生活ではなかったのだ。

「何よりの季節感は食べ物ですわね、やっぱり」

「あー、それならよく分かります」

　絶妙の間合いで運ばれてきたのは、さっと炙《あぶ》ったマグロの赤身にアスパラとルッコラのサラダを添えたものだ。

　今度はフレンチ？　野菜を食べて澄香はびっくりした。華やかなベリーの香り。聞けばフランボワーズのビネガーをドレッシングに使っているそうだ。さすがにこれは日本酒には合わないんじゃ？　と思ったが、ベリーの酸味と大吟醸の芳醇《ほうじゅん》な香りが渾然一体《こんぜんいったい》となって、ふわりと舌を包む。思わず、卓を叩《たた》きたくなるうまさだったが、今、自分はしとやかな振る舞いを心がけているのだと思い直す。

「あの。これ、全部、仁さんがお作りになったんですか？」

　まさかそんなわけはないだろうと思いながら、澄香は訊《き》いた。

だって、貼ってある墨文字のカフェメニューといえば、コーヒー、紅茶、あとは日本茶の種類がいくつかと、お抹茶セットだけで、お昼時にランチ営業をしているわけでもなさそうだ。にもかかわらず、こんな短時間で、これほど本格的な料理を一から作るなんて不可能だろう。

きっと、どこかで仕入れてきた調理済みのものを温めるだけ、揚げるだけのファミレス方式に違いあるまいと思ったのだが、桜子は、ええとうなずいた。

「仁さんはね、料理人なんですよ。カフェを手伝ってもらう傍《かたわ》ら、ああして試作品を作っているの。さしずめわたくしは試食係ね」

「ああー、そうだったんですか」

澄香は思わず、流れる音楽に合わせて歌いだしたい衝動にかられた。超絶イケメン、素敵な空間、おいしい料理。これは夢を見ているのかもしれないと思った。

料理は続く。生ハムとマンゴーのピンチョスの隣には、ころんとした丸いパン状の小さなものが二つ、こんがりきつね色に揚がっている。どうやらピロシキのようだ。

一つはカレー味だった。口に運ぶと、さくっとカリカリ。続いて挽肉《ひきにく》から出た肉汁が、じゅわっと拡がる。野菜の下ごしらえも丁寧だ。細かく刻まれた玉ねぎやセロリ、にんじん。形と食感を大きく残したきのこ類は、マリネか何かで一次加工されているようだし、じゃがいもはほくほくと甘い。あと、ピクルスかディルとか、香草っぽい香りもする。それぞれの素材本来の風味を損なわず、それでいて絶妙なまとまりを見せているのだ。

まさしく食の小宇宙。内心叫びつつ、さて、二つ目も同じ味かと思ったら、いい意味で裏切られる。中からどろりと現れたのは、意外にもホワイトソースだった。しかも、これには細かく刻んだ牛タンが入っている。こりこりと不思議な食感に白ネギの甘み。む。このコクは……！　思わず、立ちあがり、グルメマンガみたいなセリフを叫びそうになる。

「お味噌かしら？　白味噌と……？」

そして、この、かすかに残る苦みは……。

「もしかして、ふきのとう？」

「あら、よく味がお分かりになるのね」

桜子が身を乗りだす。

「あ、いえ、違うかもしれません」などと言っていると、カウンターを出た仁が、つかつかと歩いてくるではないか。

あれ？　怒ってる？　え、なんで？　私、何か悪いこと言った？　大まちがいだったたってことかしら。わ、やだ。ちょっと、怖いんですけど……。内心、慌てる。

仁はテーブルの横に立ち、見下ろす格好で、じっと澄香の顔を見た。ずいぶんと背が高く、こうして見ると結構威圧感があるのだ。

「よく分かりましたね。ほんの少し皮の部分を刻んで入れただけなのに」

ことさら感心した風でもなく、無愛想な口調で言われ、澄香は面食らった。

「は？　あ、はあ……」

「カレーの方に何が入ってたか、分かりますか？」

何？　何のテスト？　あ、試作品って言ってたから、講評してほしいのかしら。

そう理解した澄香が、カレーピロシキの味を思いだしながら中身を列挙していくのを、仁は相変わらずの仏頂面で聞いている。きのこのマリネまで挙げると、余計にこわい顔になってしまった。わ。もしかして、当てられるのがご不快だったのかしら？　私ったら、もしかしてグルメ気取りのヤなヤツ？　何とも居心地の悪い気分だ。

「ね、仁さん、どう？　正解でしたの？」

楽しげな桜子が促すと、仁は黙ったまま、小さくうなずいた。

「まあ、すごいわねえ、澄香さん。わたくしなんて、半分も分からなかったわよ。いい舌をお持ちなのね。おいしいものをたくさん召しあがってるのかしら」

「いえ、そんな……」

たしかに味や食材を当てるのは子供の頃から得意だったが、身を飾るものへの投資が増えた分、食費にかける割合は減っている。

「ご自分でもよくお料理なさるの？」

「あ……はあ。まあ」

言えない。とても言えない。普段は一人暮らしの気楽さというか、面倒くささから、ねこまんまとか卵かけご飯とか、ずぼら飯とさえ呼べそうにない代物《しろもの》しか食べていないのだが、そんなことは口が裂けても言えなかった。

「これ、考えてくれませんか」

仁が棚の上に置かれた背の高い木箱を移動させると、おしながきとは違う色の貼り紙があった。

「あら、隠れちゃってたわね」桜子がいたずらっぽく笑う。

バイト募集の貼り紙だった。

「アルバイト募集。委細面談　女性もしくは女性に見える方」と書かれている。

アルバイト！　澄香は思わず立ち上がった。

「それはいい考えだけど、仁さん。でも、澄香さんにはお仕事がおありでしょうし、急に言われても困るわよ。ねえ？」

桜子に問われ、澄香はとっさに口走った。

「あ、いえ……実は私、転職を考えていて、将来的には自分でカフェなんかできたらいいなぁなんて。あ、まだまだ夢なんですけど」

うそだ。そんなこと今、初めて考えた。背後の自分が「おいちょっと待て、何の話だ」

と慌てているのを無視して、澄香はうわごとのように続ける。

「だから、もし、こちらで勉強させていただけるのなら、私もすごく嬉しいです」

「まあまあ、そうでしたの！　良かったたじゃない、仁さん」

「そうですね」

仁がちらりと澄香を見た。ぱちりと目が合った瞬間、彼はそっと笑った。いや、変な言い回しなのは分かっている。だが、自分が格好いいことを自覚している男の自信に溢《あふ》れた表情ではなく、少し憂いを含んだ、ひっそりと控えめな笑顔だったのだ。

とんでもない破壊力に、くらくらする。

澄香は、はっとした。

この男、あまりにも完璧すぎる。容姿端麗《たんれい》なのはもちろんだが、声も表情も立ち居振る舞いも、何一つ非の打ち所がない、澄香の好みのイケメンだ。

あまりに現実離れしていて、とても三次元の人間とは思えない。

本当にこんなイケメンの助手になどなって、うっかり恋をしてしまったらどうするのだと、背後から突っ込まれるまでもなく頭の冷静な部分で考え始めている。

いや、しかし待てよと澄香は思った。

恋をすればいいではないか、と妄想の自分が後押しをする。

ただし、それは普通の恋ではない――。

澄香の姉の布智《ふち》は十歳上のスーパーキャリアだ。仕事がおもしろすぎて、結婚どころじゃなかったらしく、いまだ独身だ。それでもフチは休日など、こまめに料理をするので、澄香は時々ごはんを食べさせてもらいに、彼女の購入したマンションを訪ねる。

確か、あの時は直前にあった友人の結婚式の話をしていたはずだ。

あのプライドの高い○○子がこれ（多くは、うんと年上のおっさん。冴《さ》えない。たまにそうでないのがいると今度は経済力が心許《こころもと》ない）を選んだか……と思わず人生について考え込んでしまうようなケースだった。

ビールを水のようにごくごく飲みながら姉フチが、この問題には最終選択の分岐点があるのだと言い出した。

「何てのかね、あんたも間もなく分かるだろうけど、ある一点を通りこすと、どっちかなんだよね。妥協に妥協を重ね、最後の船に飛び乗るか。あるいは逆に理想をあげにアゲて、大金持ちか十七歳ぐらい年下のイケメンに熱をあげるようになるか」

「あげすぎじゃん。それって、最初から無理だって言ってるようなもんじゃないの」

「千に一つの奇跡が起こるのを待ってんのよ。人間、夢を見ないと生きていけない時もあるから」

「何、フチもその口なの？」

姉はいやな顔をした。

「まあ、実際に若い男に熱をあげてるわけではないんだけど、しかし、今から結婚となると、これはスミちゃん、面倒くさいよ。三百六十度、くまなく面倒くさい。その面倒くさいのを乗り越えるに足るだけの男となるとねえ、結局、大金持ちか年下イケメンとなるのかも知らんわ」

「年上とか同世代のイケメンは？」

ターバンで前髪をあげ、おでこ全開。メイクを落とし、オンタイムの華やかさから七割引きぐらい、ほぼ別人のように地味になった顔で、姉は、「は！」と言った。

「そんなの残ってるわけないじゃん。とっくに刈り取られたあとだわよ。ペンペン草もはえてないから」

布智はふと思いついたような顔をして、机の上に置いてあった自分のスマホを手に取った。

「だが、ここにいる」

「何が」

「恋人だ」

姉がさしだした画面を見て、澄香は絶句した。以前の姉なら見向きもしなかった、いわゆる二次元のイラストだ。きらきらしくも毛色の違うイケメンが何人か並んでいる。

好みのイケメンを選び、愛を育んでいく、いわゆる恋愛シミュレーションというものらしかった。

「うわぁ、フチ。いよいよそっちに」

思わず言葉を失う澄香に姉は、「いやいや待て待て、そんな哀れなものを見るような目をするでない、妹よ」とおごそかに言い放った。

「これはいい。これはいいんだ」

「いや、ごめん。その良さは私には分からんわ」

澄香とは違い、布智はそれなりに付き合っていた相手もいたのだ。しかも、そもそもが合理的で理性派。無駄な時間があれば仕事の下調べに当てようと考えるタイプなのだ。ゲームになど興味を示したこともなかった姉が、イケメンの並ぶスマホ画面を撫《な》でながら、その魅力について熱く語る姿は衝撃的だった。

「しかし、これがそう馬鹿にしたものでもないのよ」

及び腰になる澄香にぐいぐいとスマホを押しつけるようにして布智は続ける。

「人間、恋愛から完全に遠ざかるのも良くない。女性ホルモンは仕事の邪魔だけど、なくなると髭《ひげ》が生えるし、お肌も皺になる。かといって、実体と恋愛をするのも面倒じゃん。時間は取られるし、思い通りに事は運ばないしさ。そんなことでいちいち悩んだり、仕事の忙しい時に電話に出ないとかってガタガタ言われてみ？　鬱陶《うっとう》しいことこの上ないんだから。それがどうよ。こいつらはこちらの時間で遊んでくれるし、しかも一途《いちず》で浮気もしないし、とにかくまあ、よくもこれだけというぐらい理想的なイケメンなんだよ」

あまり力説するので澄香も少しやってみたが、なるほど姉の言う通り、それなりに楽しくはあるし、気力やお肌も潤《うるお》う気がする。

けれど、澄香は姉ほどにはのめり込めなかった。

姉には揺るがないキャリアがある。それを持たない自分が姉と同じように二次元のゲームに夢中になるのは滑稽《こっけい》というか、情けなさすぎて笑えない。哀れなゾンビだ。


澄香はおそるおそる目の前のイケメンを盗み見る。

そうだ。彼を相手に恋すればいいのだと思った。妄想するのは自由なはずだ。

布智の勧める乙女ゲームに今ひとつのめり込めなかったのは、それが成就《じょうじゅ》する予定の恋愛だったからかもしれないと澄香は考えていた。

ヒロインはイケメンたちに求愛される特権の持ち主だ。

だが、今、目の前いる男に自分が恋をしたところで、到底成就する見込みはない。

これほどのイケメンが自分など相手にするとは思えないのだ。

澄香は特段美人というわけではなく、悪目立ちしない程度のルックスだ。性格も普通。とにかく中庸《ちゅうよう》を心がけている婚活ゾンビだ。

そんな澄香でも過去に何人か、好きだと言ってくれる人はいた。そう言われると自分も相手を好きな気がして付き合い始めるのだが、長くは続かない。

決して自分を見せようとしない澄香に相手が苛立《いらだ》つか、取り繕い続けることに澄香が疲れるかのどちらかなのだ。

澄香には苦い過去がある。まだ恋愛が何かもよく分かっていない時代に、いきなり悲劇に巻き込まれたのだ。

そのせいなのか、恋愛となると身がすくむ。

自分が本当は何を望んでいるのか分からない。思い出したくない記憶にがんじがらめにされたみたいで心が動かなくなるのだ。心を置き去りにして無理に動けば、自分が得体の知れない生き物のように思えて、ひどい嫌悪に襲われる。

だから、職場でも男性から不用意に好意を持たれないよう、常に距離を取っていた。仮に、自分が誰かに好意を感じるようなことがあったとしても、その感情は周到に胸の奥にしまい込んできたのだ。

しかし、相手がこれほどのイケメンならば好意を持たれる心配もなかろう。

最初から成就しない約束の恋愛ゲームだ。

婚活にはほど遠いというか、はっきり言って邪魔をするような行為だ。真面目に結婚したいなら自殺行為だろう。

だが、人生の一時期、少しだけ回り道してもいいのではないかと澄香は思い始めていた。

そんなわけで澄香は「おりおり堂」で働くことになった。

もっとも、急には仕事を辞められないので、しばらくは土日と終業後だけの約束だ。残業のない職場でつくづく良かったと思う。

初日、仕事が終わると、澄香はダッシュで着替え、更衣室を後にした。店に向かう石畳を歩きながら、心は早くも浮き立っている。仁に会えるだけでこんなにも嬉しい。

路地裏の店にも灯がともり、つややかな表情を見せる界隈《かいわい》だ。時刻は六時。

あ、そういえば、こんな時間から何をするんだろう。ふと気になった。

ランチだけだと思ったけど、夜の営業も始めるってことかしら？　考えてみれば、ちゃんと聞いていていないのだ。

仁は口が重く、必要最低限のことしか言ってくれない。

これがゲームのヒロインならば、言葉にしなくても私にはあなたの心が分かるよ、などと言うところではあるが、残念ながらそのようなことはない。

間もなく店に着くと、澄香は首を傾《かし》げた。別に新しい看板なども出ていないし、先日と変わらぬ骨董店の佇まいだ。

からからと格子戸を開ける。

「おはようございまーす」

学生の頃、居酒屋でバイトをしていた時の挨拶は、夜でもおはようだった。飲食店はどこでもそうだろうと思ったのだが、「あら、澄香さん。こんばんは」と桜子がにこやかに笑いながら言う。

「仁さんは先に出ましたわ。あなたがいらしたら、ここへ来るように伝えて下さいって」

へ、先に出た？　どーゆーこと？　意味がわからない。

桜子がくれたのはネット画面をプリントアウトした地図だった。隅っこに住所と誰かの名前、電話番号の走り書きがある。十七時からとあるところを見ると、澄香は既にかなり遅れていることになる。要領を得ぬまま、用意されていた真新しいシャツと黒パンツに着替え、澄香は電車に揺られた。このまま繁華街に立って、バールのチラシでも配ればちょうどいいような姿だ。

住所を頼りにたどりついたのは、バベルの塔かと見まがうようなタワーマンションだった。エントランスからして、ホテルのような高級感に、思わず気後《きおく》れする。

本当にここでいいのだろうかと思ったが、問い合わせようにも、考えてみれば澄香は仁の携帯番号を知らなかった。仕方がないので、インターホンで地図に書かれている部屋番号を呼び出す。

「どちらさま？」

何やらけだるげな女の声が応答した。

「あ、あの……おりおり堂から参りました山田と申します」

「ああ、助手の方ね。どうぞ。お入り下さい」

最上階の角部屋。ドアを開けてくれたのは、小綺麗なワンピースに長いネックレスをしたマダムだった。

濃厚な香水の匂いがする。四十手前のようにも見えるが、表情やメイクのそこかしこに努力のあとが見え隠れするのだ。実年齢はもっと上かもしれない。完璧な巻き髪にメイク。澄香の全身を上から下まですばやく値踏みする視線。フラットなフロアのはずなのに、なぜか激しく見下ろされている気分になるのが、不思議だ。

きゃんきゃんと走りまわり、澄香の足にじゃれつく毛玉のような犬を「まあ、ダメよ。エリザベート」などと抱きあげ、ゴージャスなネイルをほどこした指で、スリッパ立てを示す。それ以降、彼女はエリザベートとの会話に忙しく、澄香などそこに存在しないかのような扱いだ。

大理石の玄関にはヒールの靴がたくさん並んでいる。どれも高級ブランドのものばかりだ。一足だけ舌平目《したびらめ》みたいに大きなメンズシューズが仁のものだろう。

「おほほほほ」「あら、いやだ」などと、長い廊下にまで、甲高《かんだか》い声が聞こえてくる。

「ああ、高島《たかしま》さん。早く早く。あなたが戻るのを先生、待ってて下さってるのよ」

高島さんとは家主の名だ。彼女はエリザベート嬢を抱いたまま、女王の微笑みを浮かべ、決して急ぐことはなく、そちらへ近づいていく。

はるか都心の夜景が一望できるリビングで、仁が女性たちに囲まれていた。

「こんな立派な鯛《たい》、見たことないわ」

「さすが高島さんね」

取り巻きの賛辞に、マダムは仁に向かって優雅に笑いかける。

「橘《たちばな》先生、いかがでしょうかしら？　今日のために特別に取り寄せた天然のマダイですのよ」

「素晴らしい鯛ですね」

仁がうなずく。別段、こびる様子もない。隙間《すきま》から覗いてみたところ、素晴らしい鯛とは、五十センチもありそうな大物だった。

すっと包丁を横に滑らせると、魔法のように、上身が離れる。

ホーッと声があがった。

「さすがねえ。包丁さばきの素晴らしいこと」

「自分ではとても無理だわ」

十人近い女たちが口々にほめそやす。

人が住めそうな広いアイランドキッチンでは、包丁を使う仁に向かってスポットライトが当たっている。まるでデパートの実演販売に群がるおばちゃんたちのようでもあるが、どの人も、セレブ感あふれる奥様方で、手にはシャンパンのグラスを持っていた。

「遅くなりました」

声をかけながら仁の傍《そば》に行くと、「あらぁ」「助手さん？」すばやく目くばせを交わし、くすくす笑い合う。

う、うわあ……。見下され感、ハンパないんですけど。何よ、何よ。しょうがないじゃない、そりゃ何の変哲もないシャツに黒パンツですけど、これが制服なんだもん。心中、ぶつぶつつぶやくが笑顔は崩さない。

とはいえ、しがない派遣ＯＬの財力だ、一番の勝負服に小物を取り揃えたとしても、とてもここにお集まりのマダムたちには太刀打ちできそうになかった。ついでに言えば、鯛をどうこうする技能もあるはずがない。軍手とともに澄香に与えられた仕事は、床に置かれたダンボールの中の野菜を整理することだった。

何だ簡単じゃんと思ったが、そうではなかった。有機栽培野菜を特別に取り寄せたセレブマダムのこだわりは、泥との戦いを澄香に強いるのだ。葉っぱの間から顔をのぞかせた青虫に卒倒しそうになりながら、床にしゃがんで作業をしていると、聞くつもりもないのに会話が聞こえてくる。

マダムたちは二ヶ月に一度、こうして料理人を呼び、料理教室と称して、取り寄せた食材を料理させているようだった。

「やっぱり仁先生が一番ね、何てったってイケメンだし」

「見てるだけで目の保養」

女たちの囁《ささや》きが聞こえる。不思議なもので、床にしゃがんで会話だけを聞いていると、彼女たちの中にある序列のようなものが透《す》けて見えてくるのだ。下位の方の女性など、必死で会話を合わせ、ヘマをしないようにと、神経をすり減らしているのが伝わってくるようだ。

おっと、あちらで悪口が始まった。三十二年も女をやっていると、声のトーンだけで悪口だと分かるのだ。どうやら、ここにはいない女性の話のようだが、声をひそめるどころか、わざと全員に聞こえるように話をしている。共通認識を持てということだろうか。

うわー、こわいこわい。何だかよく分からないが、息苦しいこと、この上ない。同じ女として、できればこの悪意の煮こごりのような会話を、仁さんの耳には入れたくない気がするのだが……。

そっと見ると、彼は何も聞いていないかのような顔をして、黙々と料理をしていた。

大皿いっぱいに並べられた春のオードブルは和とフレンチの融合。野菜や魚、肉、テリーヌやゼリー寄せなど、色とりどりの食材が宝石のように美しく並べられている。

続いて、くだんの鯛料理に、マダムたちのリクエストでパスタと続く。アスパラに菜の花などの春野菜とあさり。澄香の目にはスパゲッティに見えるが、仁が口にしたのは聞いたことのない横文字で、右を向いて左を向いたら忘れてしまった。

メインは高級和牛フィレ肉のパイ包み焼き。フライパンで軽く焼き目をつけた肉と、マッシュルームで作ったペースト、それに家主マダムから供されたトリュフをパイ生地で包み、オーブンで焼いたものを切り分け、赤ワインとマデラ酒、バルサミコ酢などを煮詰めたソースをかける。

マダムたちは笑いさざめきながらメモを取るのに余念がない。だが、それもこれから食べられる楽しみがあればこそだろう。昼にコンビニのおにぎりを一つ食べたきりの澄香は、パイと肉の焼ける匂いに悶死《もんし》しそうだった。

くそう。この仕事、拷問《ごうもん》か――と野菜を握りしめていると、目の前に、すっとお皿が差しだされた。

「味見するか?」

愛想のかけらもない声で仁が言う。見れば、皿の上にパイ包みの端っこの崩れた部分がのっている。ああっ、お肉も、お肉も少し入っているではないか!!

「は、はい。いただきますっ」

澄香は軍手をむしり取り、そこらにあった割り箸を握った。

「あああ、おいしいっ」

さくっ、ほろりと口の中でほどけるパイ生地の甘みにバターの香り、絶妙の焼き加減で舌の上で溶けるかのごときフィレ肉にトリュフの香味。いや、トリュフってよく知らないが、嗅《か》いだことのない匂いがそれに違いない。

マダムたちは向こうのテーブルで、高そうなワインを開けて盛りあがっているが、澄香は水で幸せだった。くっ、このイケメン、優しさが罪。しかし、おいしい。

山田澄香、三十二歳。一生あなたに、ついていきますぅ。仁に向かって、内心叫んでみるが、澄香の脳裏に浮かんだのは清楚でふんわりした洋服を着たゾンビがイケメンに触れることもできず、とぼとぼと背後をついて歩く映像だった。


宴が果てた。

残った料理やお菓子を持ち帰る人に、迎えにきたダンナや子供やベビーシッターやらが加わって、大騒ぎになっているのを頭を下げて見送ると、今度は後片付けだ。軍手をゴム手袋に替えて洗い物をしていると、マダムがエリザベート嬢を抱いて、まだ残っていた側近というべきか、一の子分、二の子分みたいな腰ぎんちゃく女を従え、近づいてきた。仁に向かい、甘ったるい声で大仰《おおぎょう》に褒《ほ》めそやす。

「鯛のアラはどうしましょうか？」

仁の言葉に、マダムは「ああ」と言った。

「ゴミはそのままディスポーザーに流して下さって結構ですわ」

料理人のオタマジャクシ型の目が大きくまたたく。ぱちりと音がしそうだった。

「まだ十分食べられますが」

「あら、そうなの？　じゃあ、どなたか持って帰って下さる？　手が生臭くなりそうだし、キッチンも汚れるし、私は結構よ」

子分たちも一瞬、ひるんだようだ。顔を見合わせながら言う。

「あーそれもそうね。高島さんに、生臭いのは似合わないもの」

「お魚はおいしいけど、そこが残念よねえ」

おほほほと笑いながら、バチバチと視線をぶつけ合い、押しつけ合っているのが見て取れる。ぱちんと弾《はじ》けたみたいに視線が逸れた――先にいたのは、ママ友カーストでいえば二軍、いや三軍か。必死で周囲に合わせているのが明らかな女性だった。三十代半ばぐらいだろうか。髪型といい、服装といい、なんとも垢抜《あかぬ》けない印象だ。

「あ、じゃあ私が……」

遠慮がちな声で彼女が言う。言わされたというべきか。

「まあ、さすが三村《みむら》さんねえ、気が利《き》くわ」

取り巻きたちは高い作り声で言うのだが、いや、気が利くも何も、押しつけてるし。

犬のエリザベートを撫でながら、高島マダムが思いついたように言った。

「差し上げるんだから、あなたのご自由になさっていいのよ。ゴミにして下さっても構わないし、ああ、でも、三村さん。ご家族でお上がりになれば？」

いやはや、これまた。何とも言えぬ微妙なコメントだ。まったく悪気がなさそうに喋っているのがこわい。傍観しているこちらの方が、いたたまれない気分になってくる。当の三村は、子分に教えられるままゴミ袋を探し、ごそごそしている。泣いているのではないかと、つい心配になったが、ぱんと袋に空気を入れて開くと、彼女は吹っ切るように顔を上げた。

「では先生、ゴミは私が持って帰りますね」

「だから、ゴミではないんです」

ぼそりと言う仁に、ゴミ袋を持ったまま三村が固まる。

「鯛はほとんど捨てるところがありません。まだまだ色んな料理が作れるのですが……」

たしかに、さばいた巨大な鯛はマダム高島の意向で、身の部分を刺身と蒸し物に使っただけだ。バットの上の、きれいに分類されたアラを腕組みして見おろし、仁は怖い顔をしている。

「このままでは、鯛も成仏《じょうぶつ》できない」

真顔で言われ、澄香は思わず三村と顔を見あわせた。

冗談？　いや本気か、この顔は……。

「あの、本当に良かったんですか？　こんな急に」

「あ、いえ……。主人もまだですし、今日は娘もおばあちゃん家《ち》にお泊まりですから」

澄香の言葉に、三村は弱々しい笑みを浮かべた。話のなりゆきで、鯛のアラを持って、三村家を訪ねることになったのだ。

こうして見ると、この女性、地味なワンピースに地味な顔立ちだ。ネイルも最大限頑張ってみましたという感じではあるのだが、他のマダムに比べれば全体に貧相な感をぬぐえない。

彼女の家は同じマンションのはるか下の階だった。あまりの高低差に、高速エレベーターで降下すると、めまいがしそうだ。エレベーターの中を微妙な沈黙が支配する。心なしか三村が、もじもじしているように思えるのは気のせいか。三軍とはいえ、あの優雅なマダムグループの一人だ。澄香みたいに、急な来客にたじろぐようなことはないのかもしれないが、それにしたって台所を他人に使わせるというのは、相当なストレスだろう。

仁は、と見るも、まったく頓着《とんちゃく》ない様子だ。鯛の成仏しか頭にないのかもしれない。

「高島さんのお宅に比べると、本当にお恥ずかしい家で……とても橘先生をお招きできるようなところじゃないんですよ」

家の前で、三村は一瞬迷うそぶりを見せたが、意を決したようにバッグを探って鍵を取り出し、ドアを開ける。

ザ・生活。澄香は思った。

さっきまでの目も眩《くら》むようなゴージャス物件と同じマンション内にあるとは、にわかには信じがたい。きわめて庶民的な部屋だった。

「お邪魔します」

器材を置いて玄関で靴を脱ぐ。玄関は子供の靴、おじさんが、ちょっとそこまでつっかけて行くのによさそうなサンダル、おもちゃや乗り物でふさがれているし、ダンボール箱がたくさん積まれている。大理石や壁の建材などは上階と同じもののはずなのに、この部屋は生活臭が強く、同じ庶民としては、ある意味安堵《あんど》感を覚えた。と同時に、他人の生活の中に土足で入りこむような気まずさを感じる。

「今日は娘を送って行ったりしたもので、片付け物が間に合わなくて」

流しに洗い物が残っていることについて、くどくどしく言い訳する三村に、澄香の方が恐縮した。仁は一向《いっこう》に悪びれた様子もなく、さっそく流しを借りて、鯛の調理を始めている。

この男、鯛の鮮度にしか興味がないのか――。少し、呆《あき》れた。あ、いや、まあ、でも、いいんだけどね。イケメンだからと思い直す。

三村の部屋はアイランドキッチンではないので、狭いキッチン部分にひしめきあうように立って、仁の手元をのぞく。ついでに腰の辺りを触りたいところだが、恋人でもないのだ。リアルでそれをやれば痴漢行為にほかならない。

頭部や他の部分、それぞれに塩をし、冷蔵庫を借りて休ませるそうだ。用途によって塩の濃さも違うらしい。下ごしらえだけして、あとは明日の昼に再び、ここを訪ねることになった。

「明日のお昼、アラだけではなんなので、軽いお弁当を用意するつもりです。もしどなたかご招待されるなら、その方の分も」

仁の言葉に、三村の顔が曇《くも》る。

「あ、あの……。お支払いの方は、いかほどご用意すればよろしいでしょうか？」

いいえ、と仁は首をふった。

「こちらのわがままで場所をお借りしたのですから、お気遣いは無用です。むしろ、こちらからのお詫《わ》びとお礼とお考え下さい」

そう言って、深々と頭を下げる。

澄香はいっしょに頭を下げながら、ぷるぷると震えていた。

たまらん。なんたるイイ男。イケメンなだけではない。料理人としての心構えも、人格も最高ではないか。この非の打ち所のなさは何事か。

さあ、この勢いで帰り道は彼の車でドライブデートとしゃれこむぜ。

と言いたいところではあったが、仁の車はペパーミントグリーンのミニカーみたいな小型車で、後部席の澄香は、器材の入った箱やクーラーボックスを押さえる係を兼ねている。

一見、かっこいいスポーツカーか何かでコーナーを攻めそうなタイプに見えるのだが、実際の彼は呆れるほどの安全運転だった。

「だけど、びっくりしましたよー。いきなり出張だなんて思ってなかったんで」

仁が喋らないので、澄香はわざと明るい声を作って言った。

「明日、土曜日なんで、私も来ますね。昼前にお店に行きましょうか？」

答えがない。

う……。まあ、無理ないか。助手の澄香でも疲労を覚えるほどなのだ。十人分のパーティー料理を作り、料理の説明をしたり、ついでに三村宅でアラの下ごしらえまで。その合間にも普段の彼からは考えられないほど喋っているのだ。無口に拍車がかかるのも当然と思われた。

ぼそっと彼が何か言ったが、背中越しなので、よく聞き取れなかった。

「え、何ですか？」

聞き返すと、キョウキを、とかすれた声でつぶやく。やーん、かわいそう。もうぐったり疲れて、声を出すのも面倒なのね、と同情しつつ、しかし、助手たるもの、彼の言葉を聞き漏らすわけにはいかない。何度か聞き直し、ようやく分かった。どうやら彼は「キョウキを取れ」と言っているようだった。

キョーキ？

「その爪の凶器だ」

爪？　澄香は思わず自分の爪を見た。

春らしいピンク基調の花柄のジェルネイルに、大小のラインストーンがあしらわれている。正直、野菜整理のために軍手をはめろと言われて、澄香は困ったのだ。軍手の繊維にストーンが引っかかかるし、ネイル自体が傷みそうだ。もちろん、素手であの土や虫つきの野菜を触るよりはマシだったが。

これは冗談だろうかと悩みつつ、澄香は遠慮がちにきいた。

「あのう、凶器ってまさか、このネイルのことでしょうか？」

「凶器以外に何の用途がある」

どうやら本気で言っているようだ。

こいつ実は面白いんじゃないかと、澄香はちらりと思った。いや、本人は至って真面目なのだろうが、それ故《ゆえ》に言動が世間一般とずれていて逆に面白いというパターンだ。

この会話のシュールさときたら、ユミが聞いたら大喜びで、手を叩いて「いやあ、ウケるわ」などと笑いだしそうだ。

「いや、用途って……。女子力をあげるためっていうか。ほら、こういうのってガーリーじゃないですか。オーナーのおっしゃる季節感も表現できるし」

「……」

仁は黙っている。

彼がどんな表情をしているのか、後部席からは窺《うかが》い知ることができなかった。

気まずい沈黙のうちに車は「おりおり堂」へ到着した。もう十一時近い。桜子オーナーも帰ってしまったのだろう。店の明かりは消え、施錠されている。

「あの、ネイルはやっぱりまずかったですかね？　私、お店の中でお料理を運ぶだけだと思ってたもので」

「運ぶだけ？」

警備システムの解除操作をしていた仁が、手を止め、こちらに向き直った。操作盤の光を受け、彫りの深い顔が緑色に浮かび上がっている。今までに見たことのないような険《けわ》しい表情で、とにかく怖い。

「運ぶだけで助手が務まるなら、ルンバの方がマシだ。もういい、明日から来なくていいから」

えっ？　えっ？　いきなりのクビ？　そっちがスカウトしたんじゃなかったのか。しかも、ルンバってあれか？　あのくるくる回って掃除する丸いロボ？　あれに料理をのせて運ぶわけ？　で、私はそれ以下？　あーそりゃそうだよね。あっちは床もきれいになるし――って、いやいや、ないから。

内心つっこみを入れつつ、澄香は慌てて、荷物を抱えて店に入る仁の後を追った。

「あ、あのっ。ちょっと待って下さい、申しわけありませんでした。ネイルはすぐにオフします」

まあ、たしかに飲食店にネイルはよくなかったかもしれない。そういえば居酒屋でバイトをしていた頃、開店前に爪のチェックがあった気がする。不潔でなければいいのだろうと、軽く考えていた。

「すみません、私、ずっとネイルが当たり前の生活だったので」

仁は呆れたような顔をした。

「あんた、そのごてごてした爪で料理ができるのか？」

「は、はあ。慣れれば別に不都合は……」

もっとも、澄香が普段食べているものは、ほとんど料理と呼べないものだ。

「そんな爪で作った料理がうまいとは、とても思えない」

吐き捨てるような言い方に、しおらしくしていた澄香もだんだん腹がたってきた。

「そんな……。そこまで言うことないじゃないですか。ネイルしてたって、家族においしいものを食べさせようと思って、がんばってお料理してる子だって、たくさんいるんですよ。きれいでかわいくありたいと思う気持ちと、家族においしいものを作ってあげようと思う気持ちの、どちらも本当なんです。それのどこが悪いんですか」

これでは逆ギレだなと澄香は考えていた。恋い慕《こした》うイケメンを敵に回して弁護しなければならないほど、澄香自身はネイルに思い入れがあるわけではない。

澄香が今、口にしているのは世間一般の女子の弁だ。澄香が擬態している「普通の女性」ならばこう言うであろうと思うことを代弁しているに過ぎない。

決して自分自身の思いではないはずなのに、仁の態度が高圧的なのでつい反発してしまった。ゲームに「俺様」なイケメンは登場するが、こんな分からず屋ではないはずだと思うと、余計に腹が立つのだ。

当然というべきか、仁は揺らがなかった。

「家庭料理がどんな心構えで作られようと、どうでもいい。だけど、おりおり堂の料理はプロが作るものだ。同じであっていいはずがない」

あまりに正論すぎて、反論の余地がない。

仁は厳しい口調のまま言った。

「それと、勘違いしているようだから言っておくが、ウチの料理は出張が基本だ。毎回、今夜のように、よそのお宅を訪ねて作るものだと思っておいてくれ」

「え？　そうだったんですか」

うそぉ。じゃあ、オーナーとの楽しい語らいの時間はないの？　いや、それどころじゃないじゃないか。このイケメンも台無しレベルで眉間にしわを寄せた厳しい料理人とずっと二人で仕事するってことか？

呆然としている澄香にかまわず、持ち帰った焼き物の大鉢をカウンターにごとりと置いて、仁は言った。

「あくまでも主役は料理とお客様だ。給仕係は黒衣《くろご》に徹するつもりでいてくれ。男も女もないし、女子力とやらも必要ない。いやなら今すぐ辞めろ」

翌日、澄香は朝一でサロンに飛び込み、ネイルをオフし、爪を短く切った。

山田澄香、私も女だ。一旦《いったん》やると決めた以上、辞めろと言われたぐらいで辞められるか！

彼は鯛の成仏のために、わざわざ三村さん宅にお弁当を作って料理しに行くぐらいの人である。職人気質《かたぎ》で、妥協を許さない男なのだ。

見た目だけではなく、中身まで格好いい男なのだと思い知らされる。

ネイルなんかなくたって、絶対に彼を虜《とりこ》にしてやるわ。私をロボット掃除機扱いしたことを、きっと後悔させてみせるんだから——。

おーほほほと高笑いしたいところだが、これでは恋愛漫画の悪役ライバルである。

実際のところ、内心、澄香は泣きそうだった。

鎧《よろい》を剝《は》がれて敵の真ん中に放り出されたような頼りない気分なのだ。

爪を飾るのは、女子力の高い周囲のＯＬたちの間では当然の常識だった。

こんな丸坊主の中学生みたいな爪で彼女たちの前に出たら何と言われるのだろうと思った。

「あらヤダ、ださい」いや、「ちょっとあの人、爪、みっともなくないですか？」などと言われるのだろうか。

澄香はタワーマンションの最上階で繰り広げられた女性たちの攻防を思い返していた。

マウンティングというのだろうか、彼女たちは常に誰が誰よりも優位だとか、誰よりも下だとか、そんな格付けをしているようだった。

澄香が恐れていたのはそれなのかもしれないと思った。

「普通のＯＬ」の中でも下に見られないよう、馬鹿にされないよう、横並びでいるためにネイルの武装が必要だったのだ。

だが、今、評価を得るべき相手は一人。序列ははっきりしているので、これ以上落ちるはずもない。まずは仁さんにこの爪をチラチラ見せて、やる気をアピールしよう。などと考えながら「おりおり堂」へ着くと、既にお弁当はできあがっていて、仁が車に積み込もうとしているところだった。

「あ、スイマセン、遅くなってしまいました」

「行くぞ。早く乗れ」

イケメンは澄香に余計なアピールの暇を与えないのだった。


十二時ちょうどに料理ができあがった。三村家のリビングに、ふんわり出汁《だし》の良い香りが漂っている。上品に澄んだ鯛の潮汁《うしおじる》に、香り高い木の芽をのせた兜煮《かぶとに》。どれもこれも丁寧な仕事の結果だ。

マダム仲間を招待するのだろうという予想は外れ、三村の四歳になる娘の杏《あん》と、仁、ついでに澄香もお相伴《しょうばん》にあずかり、食卓を囲むことになった。夫は土曜も仕事だそうだ。

小さなテーブルにギンガムチェックのクロス、その上にビニル素材のカバーがかかっている。お弁当の蓋を開くと、思わず「ほうう」と声が出た。木の箱に、色鮮やかな料理がバランスよく詰められ、食べるのがもったいないくらいだ。

「きれいだねー」

三村と杏も歓声をあげている。

春の花見用のお弁当らしい。つくしの白和《しらあ》えに、ゆでたこごみ。たらの芽の天ぷらに、鶏肉の幽庵《ゆうあん》焼き。菜の花のお浸《ひた》しに、ふきと鯛の子の炊き合わせ。俵型《たわらがた》に抜かれたご飯に、桜の花の塩漬けが添えられている。杏には、赤いうつわに入れた手まり寿司だ。百合根《ゆりね》で作った桜の花びらが散らしてある。

「桜……」

三村がつぶやいた。

「もう何年も見てない気がします……」

「え、どうしてですか？」

澄香は驚いて言った。

「つい先週ぐらいまで見頃でしたよね」

友人たちが相次いで結婚してしまい、あえて花見にくり出す機会は少なくなったものの、時期になれば、どこにでも咲いているものだ。道を歩いていると、自然に目に入ってくるのではないかと思われた。

杏が母親にむかって、さくら？　さくら？　と無邪気にくり返している。答えないまま吸い物に口をつけた三村が、そっとテーブルに椀を置いた。店から持ち込んだ塗りのものだ。

「お口に合いませんでしたか？」

気づかわしげな仁の言葉に、三村は首を振った。

そのまま、人形みたいに、いつまでもふるふると振り続けている。

「いえ……とてもおいしいんです」

　彼女が泣いているのに気付いて、澄香はぎょっとした。

「おいしすぎて私、何だか胸が一杯になってしまって……」

　なるほど、と澄香はうなずく。確かに、アラから出たとは思えない、雑味のないうまみと絶妙の塩加減で、ハアァと深いため息をつきたくなる程だが、だからといって泣くほどおいしいとは。そうか。うむ、さすがは仁さん。納得してしまった。

　兜煮がまた絶品だった。食べやすい部位ではないが、仁は身もたっぷり残してくれている。箸でつまむと、ほろりと身が取れた。淡泊ながら、ふっくら炊きあがった白身に、甘すぎず辛すぎず、丁度良い塩梅《あんばい》の味付けが皮からしみ出し、一拍遅れて、ぴりりとした木の芽の香りが口中に立ち上がる。

　ふー。何故、ここに辛口の酒がないのかと問いたいところだが、残念ながら仕事中である。

「山田さんも、おかしいとお思いですよね」

　突然、話を振られ、ご飯を頰張《ほおば》っていた澄香は目を白黒させた。

「おかしい？　って、あの、何がでしょう？」

「私ね、高島さんたちをこの家にお呼びしたこと、一度もないんです」

「あ、そうなんですか」

「呼べるわけないですよね。あんな華やかな人たちを、こんなみすぼらしい家になんか」

「いや、それは」

そんなの気にせずに呼べばいいのにと思うが、無理な話か。

「私たち、かなり背伸びしてこの家を買ったんです。だけど、ママ友のお付き合いなんかで、思ったよりずっとお金がかかってしまって」

「あー、そうですよね。ああいう人たちだと、ランチったって、私たちみたいにワンコインってわけにはいかないでしょうしね」

自分で言いながら笑ってしまった。デフレの世の中、時給ではたらく派遣社員の立場である。実のところ、ランチ五百円なら豪華な方だった。

「そう、そうなんです。三千円、五千円とかあたりまえで。でも、参加しないと、次からお声がかからなくなるし」

仁が、さりげなく立ちあがり、杏に「りんごのうさぎさん、作ろうか」と言って、キッチンにつれていった。子供の耳には入れたくない話だと判断したのだろう。

「おかしいでしょう。ずっと内職に追われて、節約、節約って言いながら、そんな高いものばかり……。服だって持ち物だって、陰でみんなに笑われてるんじゃないかって、いつもびくびくして。ネットのオークションでブランドものを買ったりするんですけど、私、全然似合わなくて」

まさか、そうですね、似合ってないですよねーとも言えないので、澄香は仕方なく、あいまいな相づちを打ち続ける。

「夫の給料も増えるどころか、少しずつ減ってるんですよね。このご時世だからリストラされないだけマシなのかもしれないけど、でも私、これから先のことを考えると不安で」

うーんと澄香は思わず頭をかいた。しがない派遣ＯＬに身の上相談とか、相手間違ってますでしょうに、と言いたいところだが、他にいないので仕方がない。

「あーじゃあ、働きに行かれるのはどうですか？　気分転換にもなるかもしれませんよ」

三村は食い下がる。

「そうも思ったんですけど、そうなると杏を保育園に入れないといけなくて……。今のお友達はみんな同じ幼稚園だから」

すぐには意味が分からなかったのだが、三村いわく、この界隈にも、保育園に子供を預けフルタイムで働くワーキングマザーのグループもあるにはあるそうだ。ところが、彼女たちはまったく〝人種〟が違い、子供たち同士も交わることがないという。

今さら、お友達と引き離すのはかわいそうだと言うのである。

「第一、私なんか手に職もないし、あんな風に働くなんて、とてもできません」

そういうものなのだろうか。澄香には分からなかった。

「ん、まあ、とりあえず熱いうちにいただきませんか？」

澄香が勧めると、あ、そうでしたと思いだしたように箸を持つのだが、桜の香りがかすかに立つ飯を口に入れると、またしても彼女は落涙した。

「私、何やってたんだろう」

「え？」

「桜、咲いてたんですね。私、もうずっと長いこと、季節とか感じる余裕がなくて……。

あの人たちについて行こうと、同じであろうと必死で頑張って……。でも見抜かれてたんですよね、きっと。鯛のアラなんか押しつけられて、見下されて。ああ、私一体何やってたんだろう」

ううっと、三村は、いよいよ本格的に泣きだしてしまった。

しかし、まあ、確かに、彼女はあのセレブな集まりにはあまり向いていないのかもしれない。

澄香は考え、言葉を選びながら言った。

「でも、ほら、鯛のアラだって、ゴミと思って捨てちゃえばそれまでですけど、一流の料理人の手にかかれば、こんなにおいしい料理になるわけでしょう。考え方一つなんじゃないですか？」

「そうでしょうか」

「そうですよ。きっと三村さんには三村さんらしく輝ける場所ってのがあるんですよ。アラにはアラの生き方がある。あなたもアラ、私もアラ。アラ万歳じゃないですか。さ、食べましょう」

何を言っているのか自分でもよく分からないが、とりあえず三村がテーブルの上のティッシュの箱を引き寄せ、涙をぬぐいながら再び箸を取ったところを見ると、何らかの励ましにはなったのかもしれない。いや、もうそう思いたい。

「ママー、うさぎさん」

りんごを持った杏が三村の膝《ひざ》に飛びつく。良かったねなどと言いながら、三村は心ここにあらずといった風情《ふぜい》だ。

「三村さん」

低いがよく響く声が聞こえた。仁だ。

「さっき山田が、一流の料理人にかかればアラもおいしくなると申しあげたようですが、それは違います。大切なのは丁寧に料理すること、それだけ守れば、どなたがやっても同じことです」

くうう、またかっこいいことを……。この完璧イケメンが、と歯嚙《はが》みしそうになる。

「そうなんですか？　私、アラなんてお料理したことがなくて、とてもできないと思ってました」

うん、私もできない。澄香はうなずく。

すると不意に娘の顔を見下ろし、三村は驚いたような顔をした。

「あら、杏、大きくなった?」

「杏、大きくなったよー」

「あはは……はは」

突然、三村が笑い出した。

「びっくりした。杏ちゃん、大きくなってたの、ママ、ちっとも気がつかなかった。いつの間に大きくなったんだろうね。ママ、何見てたんだろう」

おさげに結んだ杏の髪を撫でながら、「バカみたい」「バカみたい」と呪文のようにくり返す。

「バカみたいです、私。季節が過ぎていくのも、子供が大きくなるのも気づかないで、一体何をしてたのかな」


「なんか、不思議な展開だったんですよね」

澄香の言葉に、仁が「は?」と言った。

「いや、何というか。あの瞬間、彼女の前で何かがぱちんと弾けたみたいだったんですよ。これはもしや、鯛といっしょに、彼女を苦しめてた悪霊が成仏したのではないかと」

「まあ、そうでしたの?」

桜子までもが驚いたように言う。

「仁さん。あれって、もしかしてわざとだったんですか？」

「何がだ」

客の前では若干《じゃっかん》改善されるものの、澄香の前では相変わらず超絶無愛想な男である。

「彼女の苦しみが見えていたからこそ、鯛のアラを料理してみせることで、迷いを断ちきった。橘仁の出張料亭とは、実は名もなき修行僧の世直し除霊旅なのではありませんか」

「まあ。仁さんがそんなことを？」

「え。いや、あの……」

桜子に真顔で訊かれ、澄香は困って頭をかいた。

「何を言ってるのかまったく分からん」

心底呆れたような、実に冷ややかなまなざしを向けられ、いたたまれないことこの上なしである。ウケると思ったのだが鉄壁のイケメンの前にはこのような戯《ざ》れ言《ごと》、まったく通用しなかった。

「あ、はあ。ええと、除霊旅はともかく料理が人を救うこともあるんですよねー。ホント、すごいです、仁さんのお料理は」

「俺はお客様の満足を考え、鯛を余さず料理したいと願っただけだ。大体バカじゃないのか？　そんな簡単に人が救えるか」

そう言って、店の奥の倉庫に向かいスタスタと大股で歩いていく。

「あー待って下さい」

　なんとクールなイケメンであろうか。

　冷たくあしらわれている事実と向き合うと心が折れそうなので、そう考えることにしておく。

「おりおり堂」に桜の香りが拡がる。

「じゃあその方、結局働きに出る決心をなさったのかしら」

　洗った八重桜をざるに並べながら、桜子オーナーが言った。

「どうでしょう。とりあえず、セレブグループとは少し距離を置かれるみたいですけど」

「そうねえ。無理をして、しんどい思いをしながら暮らすよりは、身の丈《たけ》にあった暮らし
をする方が、いいのかもしれないわ。季節もお子さんの成長も、あえて記憶に留めないと、
日々流れていくものですからね」

　八重桜は、桜子が家の庭から摘《つ》んできたものだ。塩と梅酢で、桜の花の塩漬けを作る。

「おりおり堂」毎年の恒例だそうだ。

「これって、ソメイヨシノとかじゃなくて八重桜なんですね」

「塩漬けにした時のお花の形がいいのよ」

　その花の名を持つ人が華やかに笑う。

「それに八重桜は開花が遅いでしょう。去りゆく春を惜しみながら、こうやって少しだけ季節を切り取って、手元にとどめておくの」

「えーオーナー、素敵すぎますぅ」

「おい山田」ぶっきらぼうな仁の声が、無遠慮に乙女タイムを破る。

「そろそろ外灯」

「あ、はいっ。了解しましたっ」

澄香は店先に走り出た。

卯月《うづき》、宵《よい》。からからと格子戸を開けて見あげると、暮れなずむ空に春の香気が満ちて、まるで世界中が桜色に染まっているかのようだった。

皐月《さつき》

オネエの城の初鰹《はつがつお》

シャッシャッと石畳を滑るほうきの音が心地良い。澄香は「おりおり堂」の前の道を掃《は》いていた。今日から五月だ。若々しい木々の緑を通して、きらきらと朝の光が降り注ぐ。

「おう、見習いっ。精が出るじゃねえか」

使い込んだ自転車のブレーキ音に続き、御菓子司《おかしつかさ》玻璃屋《はりや》主人、松田左門《まつださもん》のダミ声が辺りに響く。ずんぐりした身体に、ぎょろりとした目。浅黒い肌に短く刈り込んだ頭髪。ふてぶてしい面構《つらがま》えは一見、暗黒街の顔役のようでもある。

「あ、玻璃屋さん。おはようございます」

「本日のご注文分だよ。女将《おかみ》さんはどうしていなさる？」

玻璃屋は体格からは想像しにくい素早さで自転車を降りると、和菓子の入った木箱と伝票を澄香に持たせた。ずしりと腕に重みがかかる。

「ありがとうございます。中で陳列の並べ替えをなさってますよ」

「そうかい。んじゃ、ちょっと挨拶してくかな」

薄くなった髪をなでつけ、キメ顔を作りながら、からからと格子戸を開ける。

「あら、左門さん。いらっしゃい」

中から明るい声が聞こえた。柳色の着物にオレンジ、緑、黒の幾何学《きかがく》模様のモダンな帯。きりりとたすきを掛けた桜子オーナーの笑顔に、こわもての菓子職人はたちまち相好《そうごう》を崩した。玻璃屋は、この当主と今は隠居の先代までもが、揃って「おりおり堂」オーナー桜子の大ファンだ。

左門は五十代だそうから、桜子から見れば三十近くも年下だ。なのに、彼女が〝アイドル〟なのだという。

「よぉ女将、今日は菖蒲《しょうぶ》の生菓子と柏餅《かしわもち》だぜ。端午《たんご》の節句だかんな」

「まあまあ、それは楽しみですこと。左門さん、いかが？　お茶でも一服」

桜子に勧められ、玻璃屋は照れたように頭をかいた。

「やぁ、ごちになりたいのはやまやまなんだけどよぉ、あいにく今日はこのあと、寄り合いでさ。夕方にでもまた寄らせてもらうよ、仁の字に話もあるし」

「あら、そうですの。澄香さん、今日の夕方、仁さんいらっしゃるのかしら？」

「あ、はい。今日はお昼のご予約が一件あるだけなので、夕方には戻れると思いますが」

よっしゃーと言って、玻璃屋は自転車に飛び乗り、しゃこしゃこと去って行った。

朝、九時。「おりおり堂」が開店する。骨董を商う店にしては早いような気がするが、桜子オーナーの意向だ。

「だって、朝早い方が気持ちがいいでしょう」

「はあ……」

できることなら一分一秒でも長く寝ていたい澄香としては、当初、桜子の言う意味がよく分からなかった。


澄香の自宅はマンションのワンルームだ。

部屋は狭い。空間の大半をベッドが占めていて、ピンク色のバラの形のちゃぶ台とテレビをのせたチェストを置くと、あとは澄香でぎりぎり満員だ。ちゃぶ台がバラなのは何となく女子力が高くなりそうな気がしたからだが、これはこれでまあ嫌いではなかった。

そして部屋は暗い。一応窓はあるのだが、すぐ外に隣のマンションが建っていて、手をのばせば向こうの外壁に触れてしまう。結果、昼なお暗く、家にいる間はずっと照明をつけっぱなしにしておかねばならなかった。

どの階にもこんな小さな部屋ばかり、ずらりと並ぶ。まるで小綺麗な蚕棚《かいこだな》のようだと、つねづね澄香は思っていた。

長く住むようなところではないのだろう。実際、住人も若い人が多かった。

あ、いや……。私もモチロン若いんだけど――。

限られた収入から〝自分磨き〟を優先し、少しずつでも貯金をするとなると、家賃や食費を切り詰めるしかなかった。たまには何か料理らしいことを、と思ってみても、電熱器一つ付いただけの、おままごとみたいなキッチンでは、できることも限られている。

そんな時、澄香は、ここを楽屋だと考えることにしていた。

そう、ここは楽屋――。華やかな舞台でスポットライトを浴びて、輝くために、女優はまず楽屋に入るのだ。そこで女優はお弁当を食べ、メイク、トイレを済ませ、準備万端整えて、いざ本番に臨む。

ええ、そう。私は女優。狭くて暗いこの蚕棚で、来たるべき本番の舞台に備えているの。朝食の卵かけご飯を食べながら、鏡に向かってうなずいてみる。

澄香の本番。それはイイ男を捕まえて、華燭《かしょく》の典に臨む日だ。

ああ、目に浮かぶようだわ。スポットライトを浴びて輝く、最高にうつくしい私。隣には天才のほまれ高きイケメン料理人。お父さん、お母さん、お姉さんありがとう。澄香はきっと幸せになりまーす――。

だが、最近、どうもその妄想の調子が悪かった。「おりおり堂」で働き始めてからだ。何か自分のやっていることが、とんでもなく空虚な気がしてならなかった。現実の世界が鮮やかさを増したせいだろうか。

　仕入れに出かけていた仁が戻り、予約のお宅に向かって出かける。あいかわらず、澄香は後部席の貨物扱いだ。トロ箱やクーラーボックスなどの荷物を押さえる係も兼ねているのだが、実は先日、これといった荷物のない日があったのだ。

　いそいそと助手席に乗りこもうとした澄香に、しかし、仁は冷たく言い放った。

「山田、後ろ」

　ポチ、伏せ！　的な口調で、である。

　おい、いくら何でもひどくないか。そんなに私が隣に来るのがイヤなのか、と思ったが、実は一ヶ月と少しの付き合いで分かったことがある。仁という男、どうも女々《めめ》しく泣きごとを言って迫るタイプが嫌いらしい。少なくとも、澄香にはそう見えた。

　確かにそれは硬派イケメンの態度としてはありだ。だが、もしこれがゲームならそれは彼の照れ隠し、のはずなのにと恨《うら》み言《ごと》の一つも言いたくなるほど、仁の口調は容赦ない。それでいて、実のところ彼は何も隠していないのだ。

「ええーっ。二人いるのに前と後ろじゃ寂しいじゃないですか」

　つとめて明るく言ってみるも、「別に」の一言で瞬殺。以上、終わりだ。

　くっ。この男、クールを装いながら、実は照れ屋とか。このギャップがたまらんではないか……。

などと、つとめてポジティブに決めつけてみる。そうとでも考えないと心が折れそうだ。隣に立つのを嫌がられることはないので、絶望的に嫌われているというわけではあるまい。そもそも、澄香がこうして助手を務めているのは、仁にスカウトされたからなのだ。そこはイケメン、責任を取ってほしい。

それにしても助手席に座られるのをこれほど嫌がるとは。

考えたくないが、ちらつくのは彼女の存在だ。助手席に他の女を座らせるなんて許さない、とか言って憚らない美人の彼女がいるのか。

まあ、これほどのイケメンなのだ。彼女がいて当たり前だという気はするが、しかし、正直それは知りたくない。知ってしまえばゲームオーバーではないか。

いや、でも、やっぱりそれはないかと考え直す。

彼ほど仕事に誇りを持っている人間が、行き帰りの道中とはいえ仕事に私情を挟むのはおかしい。

大体、助手席に私以外の女を座らせちゃイヤ！　と彼女がだだをこねたとして、分かった、君以外を座らせないよ、などと鼻の下を伸ばすところが想像できなかった。

では何故だ。やはり私が鬱陶しいのだろうか。ゾンビの分際で助手席を望むのは分不相応か――。

などと後部席で悶々とするうち、客先に着いた。コンクリートとガラスブロックでできた硬質な建物にツタが絡んでいる、おしゃれなデザイナーズマンションだ。黄色いポルシェが駐《と》められているのも風景になじんでいて、心憎い。

「今日のお客様はどんな方ですか?」

荷物をおろしながら訊くと、仁は、ああとうなずいた。

「お得意様の一人だ。毎月呼んでいただいてるし、パーティーなんかもよくされる……」

おおっ、珍しや。仁さんが笑った。途端に、澄香の脳内にパアッと花が開く。だが、苦笑に見えるのはなぜだろう。

こんなおしゃれなマンションに暮らし、平日の昼間に出張料理人を毎月呼ぶとは、相当余裕のある暮らしぶりということだろうか。入口にある集合ポストの表札を見ると、デザイナーや建築家などの事務所も多いようだ。その系統の依頼者だろうかと思ったが、違った。

「いらぁっしゃあぃ」

言葉尻にハートマークをつけて現れたのは、二メートルもあろうかという金髪角刈りの巨漢だった。グレイス・ジョーンズ風の大胆メイクに度肝を抜かれる。どこかの部族の戦士のようでもあった。〝外国人が思うニッポン〟みたいな、あでやかな牡丹《ぼたん》が描かれたピンク色の着物風ガウンの前がはだけ、たくましい胸板がのぞいている。

　ここで説明しておこう。

　グレイス・ジョーンズとはジャマイカ系アメリカ人の女性シンガーである。アンディ・ウォーホルのミューズと呼ばれた超個性的な風貌のカリスマだ。

　澄香が彼女を最初に見たのは「００７」の映画だったが、ミュージシャンとしてもモデルとしても圧倒的な存在感を放つ、すごいアーティストなのだ。

「アラッ、ちょっとーヤダ！　何よ、この女」

　そのジョーンズが澄香に気づいた瞬間、今までの甘ったるさがウソのような、ドスのきいた声に変わった。ひらがなに濁点がついているかのようなドス具合である。

「助手の山田です。山田、こちらアミーガさん」

　仁の言葉に、巨漢はつんと横を向く。モアイ像のような横顔の、目尻から直角に撥《は》ね上げたマゼンタ色のアイラインから殺人光線が出そうだった。

「アミーガ・Death《デス》・ドンゴロスよ。よろしくしなくて結構よ、山田っ」

「は、はあ」

「アミーガさんは昔、レスラーだったそうだ」

　断ってキッチンに足を踏み入れながら仁が言う。

「あー、そうなんですか。道理でたくまし……」

「ヒイイィイィッ」

言いかけた言葉はアミーガの甲高い叫び声で遮《さえぎ》られた。

「ちょっとやめてちょうだいよっ。仁ちゃんてば、それは内緒だって言ったじゃなーい」

くねくねとまとわりつく巨漢アミーガに、仁は何ともいえない顔で笑っている。

「そうでしたっけ。すみません」

「ううん、仁ちゃんはいいのよ。悪いのは山田なんだから」

「え」

「まったくもう、どうしちゃったのよ急に助手だなんてぇ。おまけにこんな女！　言ってくれれば、いつでもアミ子が助手に行くじゃなーい」

「アミーガさん、夜はお店でしょう」

「そりゃそうだけどさ。じゃあ、何よ、この山田は昼も夜も仁ちゃんと一緒だってのぉ？　ヤーダ。許せない。なんでぇ？」

言いつのるアミーガをあしらいながら、仁は荷物を開けて、まな板、タオルでくるんだ包丁を取り出し並べている。

仁の顔つきが料理人のそれに変わっていく。見るたびに、ほれぼれするような凛々《りり》しい表情だ。

こうなるとアミーガも邪魔をしにくいようで、矛先《ほこさき》が澄香に向かった。

「ちょっと、いいこと？　山田。アンタ、自分が女だからっていい気になってんじゃないのよ。助手とか言って仁ちゃんに取り入って、あわよくば仁ちゃんの恋人にとか思ってるんでしょう」

「え？　あーいや、そんな……」

妄想の一環として考えたことがなかったかというと、まったくそんなことはないので否定はできない。

「いいこと、仁ちゃんの恋人はね、アタシなのよ。ア、タ、シ」

先ほどから、ふつふつと湧き立つ黒雲のような疑惑に、口の辺りがムズムズしている。

なぜ、いつも無愛想な彼が、アミーガには（比較的）愛想がいいのか。お得意様だからか。

それとも、まさか……。

「あ、あの。仁さんて、もしかして、そちらの方だったんですか？」

声をひそめてアミーガに訊く。

「そちらってどちらよ」

「いや……その、なんと言いますか。アミーガさんみたいな……ゲイ？」

きゅううっと音を立てんばかりに、目尻で撥ねた紫色のアイシャドウがつり上がる。

「ンまっ。ちょっと、なんて軽々しいことを言うの。これだから女はイヤなのよ。多数派ゆえの無神経さだわ、平気でこんなこと言っちゃうんだから、こわい、こわーい。アンタ、自分が何言っても許されると思ってるんでしょ。いい？　言っておきますけどね、仮にも仁ちゃんの助手を名乗る以上、今後いっさい軽々しい発言は許しませんからね」

すごい剣幕で怒られたあげく、澄香はゲイとオカマと女装家、トランスジェンダーとの違いについて、こんこんと教え込まれるはめになった。


本日のおしながき、メインは鰹《かつお》のたたきだ。

ありがたい講義を拝聴し、くらくらしながらキッチンに入ると、アミーガはハイテンションでどこかへ電話をかけだした。

「ちょっとー、アンタ。鰹のたたきやんのよ。今からウチ来ない？　目に青葉、山ホトトギス、初鰹のカツオよ。アンタ、見てビックリしなさいよ。すごいんだからー。え？　もちろん、仁ちゃんに決まってるじゃないのさ」

アミーガの招集にこたえ、まもなく千歳飴《ちとせあめ》のような体型に着流し姿の〝スンガリッチ・カイカマヒネ律子《りつこ》〟、あんこ型の力士体型をひらひらのゴスロリ服に包んだ〝マルルリアン妖精〟の二人がやってきた。濃い。とてつもなく濃い。あまりの濃さに呼吸困難に陥りそうだ。

「アミ子っ。アンタ、何ぬけがけしてんのよっ」

「そうよ。今頃になって呼び出すなんて。仁君を一人占めする気マンマンじゃないの」

キャーこわいわ、いやらしいわと、かまびすしいことこの上ない。

二メートルの長身からドスをきかせてアミーガが言う。

「キーキーうるっさいわね、アンタたち。そうよ、今日こそ隙みて食ってやろうと思ってたわよっ。なのに、何さ。扉を開けてビックリ、玉手箱よ。しっぽりじっぽり二人で初鰹ターイム！　のはずが、この助手のお邪魔虫女がくっついてやがったのよぉっ」

「えっ。アンタ、そんな不埒《ふらち》なこと考えてたの⁉　仁君、ノンケでしょ。犯罪じゃないの」

「何よ、欲望に忠実で何が悪いのさ⁉　合意があればいいんでしょ。アタシは仁ちゃんを、きっとうんと言わせてみせるわ」

「ヤダァ、不潔っ」

マルルリアン妖精がキーと奇声を発する。

仁は彼らの声がまったく耳に入っていないかのごとく、顔色一つ変えずに鰹を捌《さば》き始めていた。

「いいか、山田。鰹の鮮度は目とエラの色を見る」

「あ、はいっ」

「そうよ、山田。アンタの濁った目ン玉かっぴらいてよく見るのよ。ねえ、このカツオさんの目、なんてイキイキしてるのかしら。まるで仁ちゃんみたいよねえ、ウフ、ウフッ」

「あらヤダ。イキイキって、もう死んでるじゃなーい」

きゃあきゃあ言い合うおっさんたちの声を背後に、青と銀の縞《しま》模様もあざやかに丸々と肥えた鰹の腹へ、仁がすっと包丁を入れる。またしても、魔法のような手際で、あっと言う間に、背身《せみ》、腹身と、鰹が解体されていく。

カイカマヒネ律子がぱたぱたと扇子をつかいながら、床に敷いた新聞紙の上で藁《わら》をさばく澄香を見おろした。日舞の先生のような美しい身のこなしをする初老の男性（？）で、この三人の中では比較的、物静かな印象だ。

「ふうん。アンタ、山田っていうのね。GJだわ、山田。虫除《むしよ》けご苦労。よくアミ子の魔手から仁君を守ったわね。褒めてつかわしましょう」

「え、じーじぇえ？」

「ヤダ、知らないの？　遅れてるわね。グッジョブのことよ」

え？　あれって、そう読むの？　と思ったが、褒めてくれているのに口を挟むのも何かと思い直す。

「あ、はあ。じゃあ虫除けというのは？」

「あら、アンタ、そのために雇われたんでしょう？　前にも仁君、団地妻に襲いかかられたって言ってたし」

「えええっ？　そうなんですか？」

「そうよ。だから、アンタは仁君のボディーガードなの。これからもお励みなさい」

鰹を捌き終えた仁が顔を上げた。

「いや、そうじゃなくて。たとえば、女性だけのお宅に俺一人で伺うのは相手も不安かと思ったからですよ。近所の目とかもあるし」

そういえば、アルバイト募集の条件は「女性もしくは女性に見える人」だった。

そうか。そうだったのかー。

澄香は思わず藁を握りしめる。女性に見えるなんて、ヘンな言い回しだとは思ったのだ。虫除けの女。虚しい響きだ。だが、考えてみれば確かにそうなのかもしれない。

先月、鯛のアラを料理するためにキッチンを借りた三村家だってそうだ。あんな時間に、夫不在の家にイケメン料理人が一人で訪ねるなんて、冷静に考えれば、とんでもなくまずい。目撃した人に何を言われるか分かったものではないし、そりゃ中には密室をいいことに、彼に突撃する女もいるだろう。

理屈は分かるのだが、澄香はちょっとショックだった。

シンクに置いた一斗缶《いっとかん》の中で、藁が燃やされている。仁が串に刺した鰹を炙《あぶ》ると、大きな炎があがり、オネエたちがフウー！　ファイアァァ！　と口々に叫び踊り出した。誰かがステレオのボリュームを上げたらしく、ピアソラが部屋中に響きわたる。

炎とピアソラ、オネエという名のおっさんたちの濃い面子《メンツ》。

そっかー。仁さん、別に私を気に入ってスカウトしたわけじゃなかったんだ。

まあ己の身の程を思えば当たり前だという気もする。それでも、何か自分も気づかぬいところがあって、それがイケメンの目に留まり、愛を育むこともあるのではないかと妄想にいそしむ自分もいた。そうだ。恐らく日本女性の大半は多かれ少なかれどこかに似たような願望を持っているはずだ。その勘違いともいうべき期待を抱かせる元凶となっているのはおそらく少女漫画だろう。考えてみれば、姉がはまっている乙女ゲームも少女漫画の文脈だ。

シンク上の強力な換気扇が、もうもうと立つ煙を吸い込んでいく。ちょっと地獄絵図のようだ。

煙を見るうち、不意に中学の時の記憶がよみがえってきた。

澄香の中学の社会科教師は世界史が専門で、授業中によくマニアックな歴史話をした。スライドでヴェネチアのカーニバルの写真を見たあと、彼は「謝肉祭」についての説明をはじめた。いや、よくは覚えていないが、そんな感じだったのだと思う。他愛のない脱線話だったはずなのだ。

謝肉祭は本来、キリスト教徒が四十日間の断食《だんじき》に入る前に、大いに飲み食いするお祭りで、国によっては「肉よ、さらば」なんて名で呼ぶところもあるそうだ。

そこまでは笑える話だった。クラスメイトもみんな大笑いしていた。問題はそのあとだ。

「ゲルマンの春の到来を喜ぶ祭りから発展したって説もあるんだ」と若き社会科教師は目

を輝かせて言った。

——教会の内外でハメをはずして、どんちゃん騒ぎした彼らは、巨大な藁人形に火をつけ、自分たちの罪を転嫁した。要約すると、こんな話だったように思う。

巨大な藁人形に責任をなすりつけて、火あぶり……？

この頃、既に彼との関係が噂になり始めていたのだ。

「ひっでえ」ぎゃははと笑う。無神経なクラスメイトの笑い声が、自分に向けられているような気がして、澄香はうつむいた。


突然、本当に突然、炎が自分に燃え移ったような錯覚にとらわれ、澄香は身動きできずにいる。

実際の炎は澄香からは遠い。そんなはずないのは分かっている。だけど、敏感になった足の先から、じわじわと炎が伝いあがってくるかのようだ。その炎は冷たく、感じている恐怖とは裏腹に、手足の先が冷たくなっていく。炎にまかれた自分は透明で、誰の目にも見えていないのではないか。

ああ、そうだ。以前、そんなことを思ったことがある。

自分がまるで透明になったような気がした。

ある日を境に、クラスメイトが変わったのか。それとも、変わったのは自分の方だったのか。もしかすると、自分という人間は、最初からこの世に存在していないのではないかとさえ思う。

澄香は目の前の景色をぼんやり見ている。はるか昔に終わったはずのこと、忘れていたはずの日々が、おそろしいほど鮮明に拡がっているのだ。

「山田。おい、山田」

声が聞こえた。

もう私のことなんか、ほっといてよ！

高らかにこだまする謝肉祭のファンファーレみたいに、少女の苛立った声が響く。

「山田」

肩口に何かあたたかいものが触れる。ごつごつした節のある、しっかりした手だ。

視界にもやがかかっているみたいで、世界が白く濁って見える。錆《さ》びついた機械みたいに言うことをきかない首をやっとの思いでそちらに向けた。

静かに澄んだ瞳と視線がぶつかった。

「大丈夫か？」

「あ、えっ⁉」

我に返ると、少し屈んだ仁が澄香の顔を覗き込んでいた。途端に、心臓がどきんどきんと、確実に脈打ち始める。

「あー、あっ。すみません、私」

ふと見ると、仁の手が肩にのっている。

こ、これはイケメンの手が接触中。な、なんという僥倖《ぎょうこう》だと場違いに喜ぶ気持ちもあるが、それゆれの緊張なのか、単に体調が悪いのか分からないほど気分が悪く吐きそうだ。

「わーっごめんなさい。私、ぼんやりして。す、すみません」

慌てる澄香に、仁は何も言わなかった。何事もなかったかのように、もう持ち場に戻っている。

おお、何というイケメン対応だと思ったが、それ以前に自分が心配だ。

アミーガたちはと見れば、何も気づいていないようで、酒のボトルの並んだキャビネットの前で、ああだこうだと騒いでいる。

良かった。こんなところを見られたら、また何を言われるか分かったものではない。

澄香は、ぱしんと自分の頰を叩いた。

今になって、あんな記憶が出てくるなんて……。

仁の指示に従い、忙しく立ち働きながら、澄香はわずかに不安を感じていた。

アスパラの焼きびたしに、トリ貝のお刺身、揚げた茄子《なす》をそら豆の衣で和えた「ひばりあえ」が突き出しだ。

今日は店からうつわを持ってきていない。アミーガ宅のリビングには、立派な陶器やバカラのグラスなどのセットがたくさんあって、仁はアミーガと相談しながら、うつわを選んでいた。これも含めて、毎月の恒例なのだそうだ。

アミーガが出してきたまな板みたいな大皿に、豪快に鰹のたたきが盛りこまれる。おいしそうな焼き目のついた皮の部分と、つやつやと赤く輝く身のコントラストがなんとも食欲をそそる。絹糸のように細く刻まれた大葉に、細ネギ、大量のおろし生姜《しょうが》、水にさらしたシャキシャキのミョウガの香りも好もしい。回しかけるのは、香りのいいスダチを使った自家製ポン酢だ。

「山田、味見して」

仁さんがポン酢の入った片口を澄香に差しだす。

「あ、はいっ」

おおおっ、仁さんが私に味見を……！　料理本体でないのが残念だが、なんだか一人前に扱われているようで嬉しい。なめてみると、スダチの香りがすっと立ち、さわやかな風が吹くようだ。

「あーおいしいです……」

ん？　澄香は首をかしげた。

おいしいのは確かだ。醬油《しょうゆ》の良い香りに出汁がきいている。しかしながら、少しばかり酸味が弱いような気がするのだ。

仁がじっとこちらを見ている。

澄香は、はっとした。

こ、これはもしや、テスト？　ここできちんと味を見極めることができれば合格、虫除けから昇格とかなのではないか。じゃあ私は今、助手としての適正を試されている？　うん、きっとそうに違いない。

「あ、あの。これって、鰹にかけるんですよね？　なら、もうちょっと酸味がきいててもいいような気がします、けど……」

仁の目がぱちりと開く。オタマジャクシ型のきれいな目だ。

だが、何も言わない。沈黙が続き、澄香は固まった。

おおぉぉ、まずかった？　ねえ、まずかった？　仁さん、怒っちゃった？　ヤだなぁもう。この人、基本無表情だから怒ってんのかなんだか、よくわかんないんだよね。

しかしながら、言葉はもう口から出た後だ。今さら、取り消すことはできない。

さても困った。どうしよう？

澄香の葛藤《かっとう》に気づいているのかいないのか、ぶっきらぼうな調子で仁が「そうか」と言った。

「ありがとう」

「エッ⁉」

思いもよらない仁の言葉に、つい、鳳啓助《おおとりけいすけ》みたいな声が出てしまう。一瞬、何を言われたのか分からなかったのだ。

説明しよう。鳳啓助とは京唄子《きょううたこ》と共に「唄子・啓助」として一世を風靡《ふうび》した伝説の漫才師である。正直なところ、澄香はリアルタイムで彼らの漫才を見たことがあるわけではないのだが、マニアックなお笑いを好む姉、布智の影響で過去の映像を見まくったことがあるのだ。

そうして身についたはずのお笑いスキルをもってしても、難攻不落のイケメンを笑わせることはいまだできていない。

仁は「こんなもんか？」と澄香の反応を見ながら酢を足している。再度味見をした澄香がうなずくのを待って、それをお客様に供するのだ。

信じられない！　あの仁さんが私にアドバイスを？　天にも昇るような心持ちだ。

自分が頼られることなどないと思っていた。

助手に登用されただけでもありがたいことなのだが、こんな風に扱われるとどうしていいのか分からなくなる。

「お待たせしました。鰹のたたきでございます」

「うおおおおっ！」

「待ってましたー」

食卓の中央に、まな板状の皿を置くが早いか、ガガガガッと一斉に箸がのびてきた。獲物に飛びかかる野獣のようだ。

「んっまーい」

「カツオさん、ハア、おいぴいいい」

ピアソラをけ散らし、アミーガたちの雄たけびがこだました。

「仁ちゃーん、おいしいわっ」

アミーガが口もとを手で覆い、乙女のように身をくねらせる。仁が、はにかんだように笑いながら軽く頭を下げると、「ヒャアァアァ」「かわいいい」と感に堪《た》えぬような叫び声があがり、「今日は呑《の》むわよーっ」とアミーガがもろ肌脱いで立ち上がった。ギャハハハと笑う声。グラスの触れ合う音。さながら山賊の宴会のようだ。

時刻は一時。真っ昼間である。

鍋をかけたコンロの前で、火の具合を見ている仁に、小声で澄香はきいた。

「あ、あの。仁さん、なんで私なんかにあんな大役を？」

「は？」

驚いたように仁がこちらを向く。まっすぐ視線を向けられ、澄香はどぎまぎした。

「いや、ホラ、さっきのポン酢のお味見をですね……」

「ああ。大役ってこともないけど、そこは山田を信頼してるから」

信頼ー！　ちょ、ちょっと、マジっすか⁉

思わずカッと目を見ひらき、硬直したまま、じわじわと赤面する澄香に、仁は別段大したことを言った風でもなく、いつも通りの無表情で味噌をといていた。

ん？　でも、なんでだろう……。

澄香はふと疑問を感じた。誇り高い料理人である彼が、助手とはいえ他人にこんな大事なことを任せるのはおかしいのではないかと思ったのだ。


食事のシメは土鍋で炊いた豆ご飯と、鰹のアラの生姜煮に赤だしの味噌汁だ。

頭までゆでダコみたいに赤く染まった巨漢アミーガが、カメから出した自慢のぬか漬けをちゃっちゃっちゃと切って、大ぶりの鉢に盛る。

「さあ、仁ちゃんもいっしょに食べましょうよ。山田、アンタもよ」

「え、いいんですか？」

「ウチに来て、アタシの漬けものを食べないヤツは非国民なのよ。さあ、四の五の言わずに着席よ、着席ーっ」

山賊の食卓はさぞかし乱れ——と思ったのだが、そんなことはまったくなかった。それどころか、仁と澄香の分の突き出しや鰹のたたきがきれいに取り分けられている。ある意味、非常に女子力の高いみなさんだった。

向かいの席にはカイカマヒネ律子、隣はマルルリアンだ。仁はアミーガと腕を組んで、というか腕を完全にロックされた形で、澄香からいちばん遠い位置にいる。

「いただきます」

「そうよ。心していただきなさぁい」

澄香の言葉に、湯気の立つ赤だしをすすりながら、焦げ茶色のレースがたっぷりついたドレスにヘッドドレスをつけたマルルリアンがつぶやく。くるくると巻いたツインテール。ふくよかな分、シワが目立たず、年齢不詳の、その名の通り妖精っぽいおっさんなのだが、おしゃれな北欧のペンダントライトの下でよく見ると、彼（彼女？）の目の下にもクマがあり、たるみも目立つ。お人形のような服装からは想像しにくいが、意外に、年齢を重ねているのかもしれなかった。

しっかしなあ……。澄香は改めて周囲を見直す。

考えてみれば、すごい食卓だ。派遣のOLを何年続けたところで、絶対にこんな経験をすることはなかっただろう。

丁寧に作られた突き出しは、どれもこれも過剰な味付けをせず、素材の持ち味が最大限に引き出されていた。こりこりとしたトリ貝には、本物のわさびが添えられている。チューブ入りのわさびではない。棒状のものをおろし金ですり下ろすアレだ。鼻にツンとくることはなく、ほわっと香りが拡がり、続いてトリ貝本来の味わいが満ちる。アスパラにそら豆は、緑の草原の味わいだ。

ああ、五月だなあ……。しみじみしていると、カイカマヒネが「ホラ、山田」とぐいのみを取って、日本酒をついでくれた。

「わ、ありがとうございます。でも、私、仕事中ですので」

カイカマヒネが、チッと舌打ちした。よく見ると、この人すごい小顔だ。渋面を作ると、うらぶれたサラリーマンみたいになる。

「張り込み中の刑事みたいなこと言ってんじゃないよ。どうせ、アンタ、大した仕事してないじゃないのさ。飲めるなら飲めばいいんだよ。せっかくのお料理なんだから、おいしくいただくのが一番でしょ」

「は、でも」

仁の顔を窺うと、相変わらずの仏頂面だ。隙あらば身体を触ろうとするらしいアミーガの攻撃をかわしながら彼はうなずいた。

「いいよ、頂戴しろ。ただし、やることはちゃんとやってもらうからな」

「えー、そぉですかぁ？　じゃ遠慮なく一杯だけ頂戴します」

さっそくいただくと、さっぱり端麗な辛口の酒に、口中に涼風が吹きぬけていくかのようだ。

　はあああ。昼間に飲む酒は何故にこうもおいしいのだろうか。

「仁ちゃんにはアタシが口移しで飲ませてア、ゲ、ル」

　アミーガの肉弾攻撃に、仁が「いや、俺は運転がありますから」といつも冷静な彼にしては珍しい必死さで断っている。

「いいじゃなーい。車なんか運転しなくたって、マルが後ろから押して行ってくれるわよー」

「ヤだわよ。アンタ、かよわい乙女に何をさせる気？」

　などとやっているが、もうこの際どうでもいい。澄香の眼前には、ビロードのような鰹のたたきの断面があるのだ。

　魅惑の初鰹である。

　一切れ口に運ぶと、藁焼きの香ばしさと、生姜に大葉の香味、遅れて茗荷《みょうが》がぴりりと弾ける。同時に、舌の上で身がとろけ、鰹らしい濃厚な脂がじゅわりと拡がった。また、このたたき、ポン酢が絶妙だ。

　そうよ、他でもない私が決めた味。ああ、これこそ、仁さんと私のマリアージュ。初めての共同作業だわ！　見たかルンバ。勝ち誇り、内心つぶやく。

　ふっふふ。お掃除ロボットごときにポン酢の味は分かるまい。

澄香は以前、「料理を運ぶだけで助手が務まるなら、ルンバの方がマシだ」と仁に言われて以来、ひそかにライバル心を燃やしていたのだ。

店内を巡回するヤツの進路をさりげなく妨害して足を引っ張ったりもしたが、今、勝利した。

それにしても、我ながら、ルンバ相手にマウンティングとは情けない限りである。

黒い塗りのうつわに豆ご飯が盛られている。つやつやに炊きあげられた白米に翡翠《ひすい》色もあざやかなエンドウ豆が宝石のようだ。口に運ぶと、絶妙な塩加減に、ほくほくのご飯、ほっくり崩れる豆の甘さがあいまって、胃にしみるうまさだった。ひどく寒い日、戸外を歩いて帰った時みたいに、冷えきった胃の腑から、あたたかさが拡がる。

勧められるままに、ぬか漬けに箸をのばす。キュウリ、茄子、カブににんじん。どれもおいしい。昔亡くなった祖母を思いだした。

澄香だけではないようだ。ぬか漬けには郷愁を誘う何かがあるのだろうか。

「ああ、おいしい。やっぱりアミ子のぬか漬けは絶品ね」

キュウリをぽりぽり食べて、カイカマヒネが言う。

「そうよね、母の味を思いだすわ。仁君のお料理はプロのお味で文句の付けようがないけど、このぶさいくでひなびた、律子の顔みたいなお漬けものも捨てがたいのよね」

マルルリアン妖精の答えに、カイカマヒネ律子は、きいいっと声をあげた。

「なんでアタシなのよ。それ、アンタのことでしょうが。よーく鏡をごらんなさいなっ」

軽口を言い合いながらも、細い肩を丸め、彼（彼女？）はどこかしんみりとした様子だ。

「稚児丸《ちごまる》もジュスリンねえさんも、これ好きだったわよねえ。ねえさんなんて、あんなに華やかで、ワインがあたいの水さ、なんて、うそぶいてるような人なのに、なんでかぬか漬けが好きなのよね」

「あの人はホラ、元々、東北の人だからじゃない？」

「ああ、そっか……。思いだすわよねえ。素肌に毛皮のコート一枚まとって、ボルサリーノかなんかかぶってさ。毛皮のジュスリンここにありって、一世を風靡《ふうび》した頃。時代もバブルだったよねえ」

はははと二人で笑い合う。

「稚児丸は無縁仏だし、あの憧れのジュスリンねえさんが、ついにグループホーム行きだもんね。まったくヤんなっちゃう」

ぷるぷるっと、隣のマルルリアンが身震いした。振動でテーブルがゆれる。

「なーんかさあ。アタシたちも年取ったわよねえ。アンタたちともいつまでこうやっていられるのかしらね」

マルルリアンが身じろぎすると、お洒落な北欧の椅子がぎしっと音を立てる。ツインテールのふくよかな妖精は、フウとためいきをついた。

「山田には分からないでしょうね、アタシたちのこんなきもち」

「えっ」突然のご指名に、澄香は箸を持つ手をとめた。

「そうよね。アンタなんかきっと何も考えてないわよね。ボケた自分の惨めな姿とか、孤独に死んでいく日のこととか」

「は？　はあ。そうですね。将来的には考えないといけないのかもしれませんけど、私はまだ、目の前の婚活が先というか」

「そこだわよ、そこ」

カイカマヒネの扇子が、びしっと澄香をさし示す。

「アンタ、人間、結婚して当たり前だとか、女の幸せは男次第だとか思ってんでしょ？　違う違う！　世の中にはアンタたちの思う当たり前じゃない世界に暮らしてる人もたーくさんいるのよ」

「はあ」

女の幸せは男次第か……。たしかに。結婚するならば少しでも条件の良い相手を選ぼうとするだろう。

もし自分が少女漫画に描かれているようなまっとうな恋愛道を歩むことができる人間ならば、愛を頼りに突き進むこともできたかもしれない。

だが、澄香は過去の忌まわしい記憶のせいで恋愛ができなかった。

だから、もし誰かを好きになる自分がいるとすれば、それは擬態の果て、一種の最終形態ではないかと澄香は思っていた。

普通のOLに擬態して、さらに恋愛している女に擬態するようなものだ。

そんな自分が結婚相手に求めるものは何なのか。条件以外に答えが見つからなかった。

どう答えていいか分からず、黙って鰹の生姜煮を食べている澄香に、向かいの窓際サラリーマンのような男が続ける。

「アタシたちってこんなじゃない？　恋愛もなかなかうまくいかないし、好きな男と添い遂げるのも容易じゃないわけ。分かる？」

それはそうかもしれないが、果たして女だからといって、好きな男と添い遂げられるかどうかも微妙なところだ。少なくとも澄香は三十二歳になる本日まで誰とも添ってすらいない。

そのような意味のことを話すと、即座に、「アンタ、そりゃ努力不足だよ」と言われてしまった。

「いい？　アンタたち女はね、生まれながらに女であることにあぐらをかいて生きてるのよ」

「えー、そうでしょうか」

マルルリアンが、澄香の腕をぱしぱし叩く。近所のおばちゃんのようだ。

「いい？　アンタね。アタシたちなんか、故郷も捨てて出てきたんだから。親兄弟とも断絶よ。風の便りに、親が死んだって聞こえてきたって、こんなナリじゃお葬式にも行けやしないじゃない。最後はね、一人でのたれ死にするしかないの。それが末路よ。まったくさあ、施設に入ったら入ったで、いくら友達だって言っても、アタシたちは面会にも行かせてもらえないんだから」

「えっ、何故ですか？」

「他の入居者の心が不穏になるんですってよ。失礼しちゃうわー。アタシらは怪獣かってのよ」

澄香は想像してみた。グループホームに、マルルリアンのような姿の面会者がやってきたら、たしかに入居者は困惑しそうだ。

「ジュスリンねえさんたら、時々施設でストリップを始めては顰蹙《ひんしゅく》を買ってるらしいんだけどさあ。それだって、アタシたちならヤンヤの喝采《かっさい》でしょお？　ねえさんもそれで満足して大人しくなってくれてたわ。だけど、あんなとこじゃ、そんな奇行はただのメイワクでしかないのよ」

カイカマヒネは悔しそうに、そう言った。

ファイアー鰹の謝肉祭。夢から覚めて、死を思う――。

そう考えると、アミーガたちの空騒ぎも何かを隠す目的があるかのように思えてくる。灰の水曜日みたい……。

澄香は口をついて出そうになった言葉を、慌てて飲みこむ。

中学の時にきいた謝肉祭の話には続きがあった。

謝肉祭のあと、水曜日に教会で灰で額に十字を書いてもらう儀式があり、そこから四《し》旬節《じゅんせつ》という四十日間の斎戒に入る。いよいよ「肉よ、さらば」の断食がはじまるのだ。

「人は塵《ちり》からうまれ、塵に返る」

儀式の際、聖職者がこう言うのだと、社会科教師から教わった。

もっとも、この話を当時のクラスメイトは知らないはずだ。聞いたのは澄香一人だったからだ。

「謝肉祭のどんちゃん騒ぎのあとで、死について考えるわけだ。人間、いつまでも生きちゃいないから」

澄香にそう言った彼は、一体いつから死について考えていたのだろう。

そして、澄香もまた、彼の死に囚われ続けて生きている。

帰り道、車を停めた駐車場まで歩きながら、澄香は仁に訊いた。

「あの方たちとは付き合いが長いんですか？」

「出張するようになったのは半年ぐらい前かな。アミーガさん、元は骨董のお客さんなんだ」

なるほど。道理でうつわの趣味が良いわけだ。

「アミーガさんて、いつもあんな感じなんですか？」

迫られまくっていたことを訊くと、荷物を置いた仁は肩を回しながら首をふった。

「いや。今日はいつも以上に過激だった」

彼はそう言って、ため息交じりにぼそりとつぶやく。

「まいった」

あ、かわいい……。その瞬間、彼のかすれ加減の声に自分でも思いがけない感情がこみあげた。愛《いと》おしさと、何ともいえない切なさの入りまじった不思議なものだ。心の揺らぎがにじみでないように、明るい声を作り言う。

「えーっ、そうなんだ。なんででしょうね？」

「多分、山田がいたせい。歯止めになるから」

「歯止め？」

仁は、後部席に荷物を乗せながら、うなずく。

「あの人は嫌がる相手に本気で手を出すような人じゃない」

少ない言葉なのに、仁のアミーガに対する深い理解を感じさせた。

少しだけ飲んだアルコールのせいか。それとも、少しだけ仁との距離が縮まったように思える今日の謝肉祭のおかげか。ずっと訊きたかったことを、今なら訊ける気がした。エンジンをかける後ろ姿に向かい、思いきって声をかけてみる。

「あの、仁さん。仁さんはどうして出張料理人をされてるんですか？　その気になれば、おりおり堂でだって、お店できますよね」

彼ほどの腕だ。どこででも、どんな形態だって思いのままだろう。その世界のことをよく知るわけではないが、料理人にとっては、自分の店を持つことが一番の目標なのではないかという気がする。第一、自分の店ならば、アミーガにセクハラされることも、団地妻に襲われる心配もなく、つまり虫除け係を雇う必要もないわけだ。

仁は答えない。

赤信号の交差点で停車した。横断歩道を人が流れていく。時刻は四時すぎだ。ゴールデンウィークの谷間なので、仕事中のビジネスマンも、休日らしい人も、メーデーの集会帰りとおぼしき人たちもいる。

夕方近いというのに、陽ざしは明るい。澄香は車窓を流れていくみずみずしい木々の緑を眺めた。

世の中には、私の思う当たり前ではない世界に暮らす人もたくさんいる。

——マルルリアンたちの言葉が気になっていた。

「好きなんだ」

　突然投げられた彼の言葉に、どきっとした。

「え？」

「お客様の方から自分の店に足を運んでいただくのなら、こちらはできる限り、おもてなしの準備ができるけど、それはこっちの押しつけにすぎない」

　ああ、私のことじゃなかったのね——。当たり前である。

　くっそ、このイケメンが紛らわしいことを、と内心、文句を言いつつ、同時に仁の言葉は、ほわんと胸に響いた。ぶっきらぼうな口調でつまらなそうに、それでいて抑えきれない熱を感じさせるのが愛おしい。

「お客様の自宅を訪ねて、キッチンを借りるのは、つまり相手の懐《ふところ》に飛び込むことだから。アウェーなんだよな、すごく」

　孤独な挑戦者というフレーズが頭に浮かび、澄香はごくりと唾《つば》を飲み込んだ。

　戦いを続ける背中に、まくったシャツからのぞく、筋肉質な腕。長い指。とんでもなくセクシーで、くらくらした。見ていると、鼻血を噴き出してしまいそうだが、それでは虫除けどころか変質者である。

　あわてて仁に断り、窓を開けると、五月のさわやかな風が流れ込み、さわさわと頰にあたる。

「その人が何を求めているのか、分からないのが普通だから、できるだけ感覚を研《と》ぎ澄《す》ませて臨むようにしてる」

それは、澄香にも分かるような気がした。

「キッチンって、本当に一軒一軒、顔が違いますもんね」

澄香が仁の助手として訪ねたのは、まだ十軒程度だが、それでも、色んな顔があった。キッチンを見ていると、その家の嗜好《しこう》や家人の性格が、浮かび上がってくる気がするのだ。

乱雑でも、あたたかさを感じるキッチンもあれば、反対に、ぴかぴかに磨き上げられてはいても、どこか取り澄まして、人を寄せつけないキッチンもある。

アミーガなどは、派手な見た目や言動とは裏腹に、気配りと思いやりにあふれた性格なのだろう。キッチンと食卓に、見ず知らずの他人をも優しく迎え入れる、度量の広さが感じられた。

「あー。そう考えると、すごくおもしろいですよね」

どんなキッチンであっても、どんなに難しい依頼であっても必ずクライアントを満足させてしまうのだから、やはり仁はすごい。

アグレッシブでストイックな天才料理人。そんな形容が出てくるほどだ。

車が「おりおり堂」の前に着いた。丁度、角を曲がって、玻璃屋の自転車がこちらへ向かってくるのが見えた。

「でも、本当は……」

車を降りようとする澄香に、先に降り、屋根に手をついた格好で、仁が言う。

「自分の料理に自信が持てないから、って方が近いのかもな」

頭上から降ってきた、衝撃的な言葉を、天才料理人の彼が一体どんな顔でつぶやいたのか。澄香には分からなかった。


「でよぉ、仁の字に相談ってのは他でもねえ。おめえさんに出張料亭を頼みたいんだ」

優雅な動作でお茶を淹《い》れる桜子をうっとり見ていた玻璃屋左門が、改まって仁に向き直り、頭を下げる。

「いいよ。それが仕事なんだし」

「そこよ、仁の字、問題は。実は色々ヤボな事情があってよ、あんまし報酬は用意できねんだ」

「まあ、いいけど？」

「そうかい。受けてくれるか。恩に着るぜ」

立ちあがり、握手を求める左門にぱちんとハイタッチで答え、仁は言った。

「どうせ、どうやっても引き受けさせるつもりできたんだろ」

「お、読まれちまったか。ったく、おめえさんには敵《かな》わねえな」

あいや、まいったーと赤黒い額を叩く左門に、仁がくっくと笑っている。

澄香は左門と話している時の仁を見るのが好きだ。左門は仁よりずいぶん年上なのだが、心やすい存在らしく、客の前では決して見せない、心を許した姿が見られるからだ。

「さあさぁ、お茶をどうぞ。左門さんご自慢の柏餅と新茶を淹れてみましたのよ」

「わあっ。良い香りですね」

歳時記の部屋に新茶の香りが拡がる。

入って左手の棚には端午の節句のしつらえがされていた。すっと伸びた刃《やいば》のような菖蒲の葉に、年代物の兜の飾りが鎮座している。右側の棚の上には、大輪の牡丹が活けられていた。古備前のざらりとした肌にかかる葉の緑、あでやかな花の赤が美しい。

はあ、なんとも優雅ですわぁ。澄香は内心つぶやく。

新茶はとろりと甘く、後味はさっぱりした柑橘《かんきつ》類のようだ。

玻璃屋の柏餅も絶品だ。柏葉が濃く香り、もちもちと弾力のある皮に包まれた、甘すぎず、しかしコクのある餡《あん》は、澄香の好きな粒あんだった。

良かった。本当に良かった。澄香は、ふううと息を吐く。

ここは、これまでに勤めたどんな職場よりも居心地が良い。

だが正直なところ、現在の澄香の置かれた場所は危うかった。「おりおり堂」で働くために、派遣を辞めてしまったからだ。

ちょっと潔《いさぎよ》すぎたのかもしれない。

仁の出張料亭は、当然、毎日依頼があるわけではない。今日みたいに昼間だけ、夜だけ予約が入っているような日も多い。曜日も時間帯も依頼者次第という側面があるため、あらかじめ拘束時間の決まっている派遣の仕事と両立するのは難しかった。

もっとも、カイカマヒネに言われるまでもなく、澄香は大した仕事をしているわけではない。いてもいなくても同じようなものなのだが、虫除けという重要なポジションがある。いつ、どこで虫除けが必要な局面が生じるかは分からない。自分が休んだその日に、仁が襲われては困る。イケメンを不埒《ふらち》なモブから守るのも澄香の仕事なのだ。

桜子オーナーのご厚意で、出張料亭の仕事がない時には、骨董屋のカフェを手伝わせてもらっている。どちらも、仕事内容の割にはもったいないくらいの時給なのだが、派遣のそれに比べると、やはり安く、これだけで生活するのは難しかった。このままでは貯金もやがて底をつくだろう。

どのみち、そう長くはここにいられないのかもしれないと思うせいか、よけいに一日一日が愛おしく感じられるのだ。

五月最初の日曜、朝から快晴だ。気温も高く、太陽の下にいると、汗ばむほどだ。季節は確実に春から夏へと移り変わりつつあった。

今日の出張料亭はいつもと少し趣《おもむき》が違う。廃校になった小学校で、お花見のための料理を作るというものだ。調理も戸外、給仕も戸外の、完全なアウトドア。先日の左門が持ち込んできた話である。

花見の舞台となる小学校は「おりおり堂」からもほど近い。児童数の減少によって統廃合されたあと、校舎の取り壊しか存続かをめぐり、役所と地域住民が対立しているらしい。大昔の卒業生である左門をはじめ、一帯に古くからある商店の店主らが呼びかけ人になって、校舎の保存を求める運動を起こすことになっていた。まずは人々に関心を持ってもらい、ついでに資金集めをしようということで、バザーと花見の会を催すこととなったのだ。

今日の主役は藤の花だ。昇降口の脇に立派な藤棚があって、紫の房が花かんざしのように垂れ下がっている。

校舎の前の特設テントの下では、仁がマグロをさばいていた。これも卒業生の魚屋から寄付されたもので、巨大マグロとまではいかないものの、結構な大物だ。仁と魚屋、応援にきた寿司職人の三人がかりの解体ショーに人だかりができている。立ち止まるのは圧倒的に女性客が多く、時々、歓声があがった。

よくよく見ると、彼女たちがスマホのカメラを構えている先はマグロではなく、仁だ。

あーそりゃそうだよね。イケメン料理人のマグロショーなんて、そうそうお目にかかれるもんじゃないもん。まあ、ムリもない。存分にウチの仁さんの勇姿を撮りたまえ。などと内心、優越感でにたにたしながら、澄香は愛想の良い笑顔を作って、出張料亭の案内を配って回る。

「へえ、出張してお料理作ってくれるんだ」

「あの人が来てくれるんですか？」

「そうなんですよー。和食もフレンチもイタリアンも何でもＯＫです」

手応えは上々だった。

マグロの身はお刺身とお寿司。カマなどは他の食材といっしょにバーベキューにする。これは左門を含む呼びかけ人のおっさんたちの担当だ。頭の方はバーベキューにすると焼き上がりまでにかなり時間がかかるとのことで、大きなダッチオーブンで兜焼きを作ることになっていた。ウエスタン風の服を着た派手な大男が、ひときわ大きな声を張り上げ、いかにも〝日曜日のお父さん〟らしい男たちを仕切っている。

「あれ？」

どこかで見た人だと思ったら、なんとアミーガ・Death・ドンゴロス、その人だった。

本日の仁の料理は、マグロの身を細かく叩いて作ったつみれと、地元の八百屋《やおや》から提供された野菜をたっぷり入れた味噌仕立ての汁だ。大鍋で豪快に煮る。できあがったものにあさつきを散らし、割り箸を添えると、できあがりだ。スープカップによそう傍から次々に手が伸びてくる人気ぶりで、息をつく暇もなかった。

人の波が一段落したところで、澄香は仁に訊いた。

「仁さんって、元は和食の修業をしてたんですか?」

さっき水道のところで、寿司職人とそんな話をしていたのが聞こえた。そうではないかと思っていたが、彼は昔のことをあまり語りたがらず、改まって訊くのも何やら憚られたのだ。

「ずっと前にな」仁がうなずく。

「じゃあ、フレンチやイタリアンは?」

「それは見よう見まね」

「へー、ちょっと意外です。仁さん、フレンチもイタリアンも最高ですもん。やっぱりお料理ってセンスなんですかね」

さすが天才料理人と呼ばれるだけのことはあるわー、などとうっとりしている澄香に、仁は一瞬、険しい顔つきになった。

「本当は邪道なんだけどな、それ」

「え?」

仁が黙っているので、澄香は言った。

「もしや和食の料理人は和食を極めるべしとかって掟《おきて》があるんですか？」

「掟って……」

仁が少し笑う。

「掟とまで呼べるかどうかは分からないけど、俺のことを正面から和食と向き合うことをしない卑怯《ひきょう》者とか、負け犬とか言う連中もいるのは確かだな」

何だと⁉　どこのどいつだそれは。ここへ連れてこいっ、と息巻く澄香を見て仁は、ちょっと肩をすくめた。

「ま、事実だから」

「は？　なんでですかっ。だって、仁さんはお客様の満足を第一に考えて、ジャンルを問わないお料理を作ってるんですよね。それをそんな風に言うヤツの方が間違ってます」

「ふうん。お前って、案外おもしろいのな」

大しておもしろくもなさそうに仁が言う。

ええっ？　澄香はびっくりした。

今、今、お前って言った？　言いましたよね。

どうでもいい男にお前呼ばわりされるのは不愉快以外の何ものでもないが、これほどのイケメンに言われるのは別格だった。ちょっと、いやかなり嬉しい。どっと心拍数があがった。やばい。なんだこれ、まるで乙女ゲームの二次元イケメンみたいなのだが、これが実在の人間だとは。くらくらする。

目眩《めまい》に耐えていると、後ろからドンと背中を押された。

「ちょっと、山田。アンタ、ちゃんと働いてるんでしょうね」

どこの鬼軍曹かと思ったら、ノーメイクのアミーガだった。

「働いてま……」

「きゃあぁーん、仁ちゃーん」

仁の顔を見た途端、アミーガは澄香など存在しなかったかのように、くねくねっと甘ったるいハート付きの声をあげ、仁の腕にまとわりつく。

「ねぇえ、仁ちゃーん。藤の花言葉って、知ってる？」

いや、と首をふる仁に、アミーガは口に手を当て、ムフッとむせるように笑った。

「陶酔そして至福の時。あなたの愛に酔う、なのよぉ。どう、官能的でしょぉお？　さあ、いっしょに至福の時をすごしましょうね」

「アミーガさん。仁さんはまだ仕事中なんです。邪魔しないでいただけますか」

「んまっ、何よアンタ。生意気だわ、山田のくせに」

割って入る澄香に、アミーガの目から殺人光線が放たれそうな勢いだ。

「私は虫除けが仕事ですから。あー忙しい忙しい。大きな虫が出た」

「まあ、アタシが虫だっての⁉　仁ちゃん、この女がアタシをいじめる〜」

叫ぶ大男に苦笑する仁。カオスである。

早々に料理は完売したが、人出は尽きない。街を散策途中の観光客も訪れて、料理や玻璃屋の和菓子を食べながら、藤を眺めていく。

休憩に藤をかたどった練り切りをいただきながら、澄香は仁と並んで植え込みのブロックに腰かけている。こちらはツツジが見事だった。

こんな風に五月の花を見るなんて、いつ以来だろうかと澄香は思った。ここ数年は、ゴールデンウィークをいかに一人で過ごすかが課題となり、あまり出歩かなくなっていた。友人たちが次々に結婚し、取り残された身だ。家族連れで賑わう行楽地には出かけにくかったのだ。

さっきアミーガが言った藤の花言葉を思いだす。

至福の時。五月晴れの空の下、ビルの谷間に、ぽっかりと切り取ったような青い空が拡がり、さわさわと吹く風が花々を揺らす。

そして、私の隣には超絶イケメン……。うっとりする。

その向こうにアミーガもいるが、まあいいことにしておく。

朝、澄香は一時間早く起きることにした。なんだか部屋にいる時間がもったいないような気がして、暗くて狭い蚕棚から這《は》いだし、外に出る。

地下鉄には乗らず、早朝の澄んだ空気の中を歩いて「おりおり堂」へと向かう。空の色も花の色も、一日として同じではなかった。気づかずにいれば、通りすぎてしまうようなものだ。

皐月《さつき》、朝。石畳のむこうに格子戸が見えてくる。薫る風に木々の緑。路地に置かれた睡蓮鉢から、凜と伸びたカキツバタの濃い紫。

今日もまた、澄香の至福の時がはじまる。

水無月《みなづき》

モンスターブライドのちらし寿司

昨夜から続いていた雨が上がり、雲の切れ間から青空がのぞいている。サアッと明るい陽ざしが差し込み、裏庭の苔《こけ》や枝葉に残る水滴を、虹色に輝かせる。

澄香は縁側に腰かけ、お茶をいただきながら庭を眺めていた。

「おりおり堂」の建物はかなり古いものだ。築百年にもなる古民家に、近年になって手を入れたそうで、モダンな佇まいの中にも歴史を感じる。表通りに面した店の間口はさほど広くはないものの、びっくりするぐらい奥行きがあった。奥にむかって建物が長いのだ。黒光りする柱や梁《はり》、こった彫刻の欄間《らんま》、古いガラスの窓に狭くて急な階段。最奥の部屋は倉庫代わりに使われていて、骨董の箱や季節ごとのしつらえがしまわれている。

縁側には、オーナーの桜子、彼女の飼い猫の楓《かえで》、そして近所の古内《ふるうち》医院の老先生が一列に並び、思い思いの姿勢で庭を見ていた。店のしつらえを六月のものに入れ替える作業の途中、休診日の老先生が遊びに来たので、ちょっと手を止め、一服しているわけである。

「あな、おいしや」

老先生は、うむと満足げなため息をついた。

「おほほ、ようございましたわ」

桜子が動くと、ほのかに上品な香りが立つ。香水ほど強いものではない。彼女はいつも着物にお手製の匂い袋をしのばせているのだ。

「時に、山田さんはもうお店には慣れましたかな？」

老先生が澄香に言った。先生の口調や声音には独特のおかしみがあり、何とも味わい深い。この人がいるだけで、周囲の時間の流れ方が変わってしまうような、不思議な魅力があった。

「はい……あ、いえ、でも、オーナーに教えていただかないと、知らないことばかりで」

「さよう、さよう」

ひだまりのお地蔵さまのように丸く穏やかな顔で、老先生はうなずく。

「マダムは実に博識ですからの。季節のことや茶の湯のことなど、ワシもこの人にはずいぶん色んなことを教わってきたものじゃ」

「はぁ、そうでしたか」

「あら、いやだ。そんなことはありませんよ。わたくしの方こそ先生に教えていただいてばかりですもの。さ、おひとついかが？　澄香さんも」

桜子が差しだした懐紙《かいし》には、氷のかけらのようなものがいくつかのっていた。

「え、氷？　ですか」

いや、そんなわけはない。かけらたちは懐紙の上に静かにとどまり、まったく溶けだす様子もなかった。

「まあ、めしあがってみて」

桜子はいたずらっぽく目を輝かせている。

氷砂糖とも少し違うようだ。透明のビーチグラスのようにも思える。促されるままに指でつまむと、見た目より弾力があった。おそるおそる口に入れると、じゃりっとした表面の膜が破れ、とろりと柔らかい甘さが拡がる。

「あっ……え？」

澄香の反応に、桜子がにこにこと言うには、これは割り氷というお菓子で、その名のとおり氷を模して、寒天を主原料に作られているそうだ。

「ほう、氷の朔日《ついたち》としゃれましたかの」

老先生は「愉快、愉快」と楽しそうに笑っている。

「あの、氷のついたち？　といいますと？」

先生の説明によれば、古来、六月一日に氷室《ひむろ》を開いて、氷を食べる宮中行事があり、この日に氷を食べると健康を保つことができるとの言い伝えがあるそうだ。

そういえば、今日は六月一日だった。

「だけど、まだ本物の氷には少し早いでしょう。ですから、気分だけでもと思ったのよ」

桜子の言葉に、先生がうなずく。

「これが新旧、暦《こよみ》の混在する国の悲しさですのぅ。どうも新暦というものは季節にそぐわぬことが多くて無粋でいかんが、さすが桜子さんじゃ。いや、あっぱれ」

「あらまあ、恐れ入ります」

明るい笑い声が裏庭に響く。

サマーウールのスラックスを枕に、のしりと横になる楓を覗きこむようにして撫でながら、老先生がつぶやく。

「あなたがここへ嫁いでこられたのも、六月でしたな。雨に濡れたあじさいと、美しい花嫁御寮《ごりょう》。まるで昨日のことのように思いだしますよ」

そよそよと風が吹き付け、雨に洗われた樹木を揺らす。

「まあ、昔のことを」

桜子は静かに言って、微笑んだ。

桜子がモノクロの写真を見せてくれた。大広間に置いた屏風《びょうぶ》の前に新郎新婦。左右に居並ぶ礼服の人々の前には銘々、お膳が置かれている。六十年ほど前の婚礼で、男性はスーツ姿の人が多い。

「わあ、オーナーきれいです」

清楚でみずみずしい笑顔を浮かべる角隠《つのかく》しの花嫁は、まぶしいばかりに美しかった。新郎はメガネをかけた、ひょろりと背の高い人だ。ぴしりと撫でつけた髪がレトロな印象の二枚目だ。

「あれ、この方、少し仁さんに似てませんか？」

澄香が言うと、桜子は、くすくす笑った。

「そりゃ澄香さん、その人は仁さんのおじいさんですもの」

「え？　そうなんですか⁉」

それでは、桜子と仁は祖母と孫の関係にあたるということか。何か失礼なことを言ってなかっただろうなと、大慌てで記憶をたどるうち、澄香は、はたと気づいた。

では何か、私が何らかの間違いで仁さんとゴールインしたらば、オーナーが私のおばあさまになるではないか。この素敵な方が、おばあさま？　それは大層嬉しい妄想である。

「素敵ですよね、六月の花嫁。ジューンブライド」

「あら、でも、わたくしたちの頃はジューンブライドなんて言わなかったし、六月の結婚式は珍しかったのよ」

日本でジューンブライドがもてはやされるようになったのは七〇年代ぐらいから。ブライダル業界の戦略らしかった。

「わたくしたちは、夫のおばあさまが生きてらっしゃる間にどうしてもという事情がありましたから、この時期になったのだけど、当時はクーラーもないし、蒸し暑くて大変でしたの」

あー分かる。分かります。澄香はうなずく。

今でも正直なところ、六月の結婚式は微妙だ。むしむしする梅雨空《つゆぞら》の下の結婚式。高確率で雨も降る。道を歩けば、靴やストッキングに雨水が撥《は》ねるし、湿気で髪のセットも台無しだ。

誰の時だったか、雨上がりに強行されたガーデンウエディングなどは天然サウナ状態で、滝のような汗をかきつつ耐えるこちらは、まさしく修行僧の気分だった。

実際、雨の日を、これまで澄香は鬱陶しいとしか感じたことがない。

だけど、だけどね、今年の梅雨はちょっと違うの——。

雨の朝、地下鉄の駅を出て、澄香はポンッと、お気に入りの傘を開く。鬱陶しい気分を払拭《ふっしょく》するため、ミュージカルモードの妄想を始める。

こんな天気の日だって、「おりおり堂」はパラダイス。ええ、そうよ。これから始まる二人の恋の行方を思えば、傘を伝う水滴が肩に降りかかるのさえ、幸せのシャワーと思えてくるわ。まさしく恋が始まる五分前。ねえ、誰か聞いてよ。この幸福感――。などと考えてみる。

その時計は永遠に五分前なのだが、「幸せのおすそわけよ」とばかりに、ピンク色のレインコートを着て散歩しているブルドッグに笑いかける。警戒したブルに歯を剝かれ、すごい形相で唸《うな》られながらも、澄香は軽くなった足取りで石畳を歩いた。つたの絡まるレトロでおしゃれなアパートの先の路地を曲がれば、「おりおり堂」が見えてくる。

「おりおり堂」の朝は早い。澄香が出勤するのは七時過ぎだが、大抵、桜子か仁が先に来ていた。

「おっはよーございまーす」

店先に置かれたあじさいの鉢を見ながら、勢いよく格子戸を開ける。が、開かない。

珍しい。今朝は二人ともまだのようだ。だが、これはチャーンス。澄香は思った。二人が来る前にきれいにお店を磨きあげて、ぴかぴかになったところで、お出迎え。さあ、どうだ。

あらぁ、澄香さん手早いのね。あなたのような方が仁さんのパートナーになって下されば嬉しいわ。山田、見直したよ。是非、お前を六月の花嫁に、などとお花畑妄想をしてみる。

おお、妙に生々しいではないか。自分の妄想に不気味な笑いを浮かべつつ警備システムの操作盤を覗くが、すでに解除されている。

では、どちらかが一旦お店に寄ったあとで、買い物にでも出たのかもしれない。

「えっ」

鍵を開け、がらりと格子戸を開けた澄香は傘を手に持ったまま、立ちすくんだ。足だ。ライトを消した薄暗い店。通路の奥に足が突き出している。一瞬、死体かと思ったが、靴下越しにも分かるギリシャ型の大きな足は仁のものだ。

おお、わが愛しのイケメン王子の足ではないか！

これは僥倖。普段は足などしげしげと見る機会などないのだ。

よし、今日は足を見る日にしよう。

そう決めて、そっと足音をしのばせて近づく。仁はカフェにある椅子を並べて、その上で上着を枕に長く伸びて寝ていた。静かな室内、聞こえるのは石畳に降る雨の音とかすかな寝息。上下動するTシャツの胸。襟《えり》ぐりの深いシャツからちらりと見える、鎖骨《さこつ》から太い首のラインが妙に色っぽい。ぐっと何かを呑み込む。

今、自分が考えたことを行動に起こせばそのまま犯罪だ。

眠れる王子、見下ろす私。三十二歳、山田澄香。さあ、どうする。

寝こみを襲う。

まさしくの犯罪。

しかし、逮捕されても本望。悔いはない気もする、などと無言のままに見下ろしていると、目の前で仁がむくりと起きあがった。

「ひ、わ……。お、おはようございます」

不埒な妄想を見透かされたようで、澄香は激しく動揺した。

ああ、とつぶやく眠そうな声がいかにも無防備で実に、実にセクシーだ。

「おはよう。もうそんな時間か」

仁は寝乱れた髪に長い指を入れ、くしゃくしゃとかき回し、あくびをした。

おおおお、なんと絵になること。おまけに、無駄にセクシーなのであるこのイケメンは。

うっとり眺めていたいが、平静を装って訊ねる。

「ゆうべはあの後、泊まられたんですか？」

「うん……」

仁は道具の手入れをすべて終えたあとで、その日のお客様のメニューをノートに書き記したり、時には新しいメニューの試作をしたりと、いつも遅くまで残り、時には店に泊まることもあるようだった。ここまで見た限り、女の影なし。澄香はそう判断していた。いや、そこは是非ともそうあってもらわねば困る。とはいうものの、同時に頭の中で、このイケメンぶりを見ろ、そんなはずがあるかと厳しい突っ込みが入った。

「あ、コーヒーでも淹れましょうか？」

「ああ、ありがとう」

少し声のトーンを落とし、何だか最近、どこかに半分ぐらい忘れてきた感のある大人女子力をかき集めて言う澄香に、仁はこれまで聞いたことのないようなリラックスした声を出した。

無防備すぎる寝起きのイケメン。

にやにや笑いそうになる口もとを引きしめながら、照明を点け、カウンターに入ろうとする澄香に、少し眩《まぶ》しそうな顔をして仁が言った。

「なあ、山田」

「はい、何でしょう？」

お仕事モードに笑顔を添えて振り返る。

「お前なら、どんな結婚式したい？」

「え？」

「やっぱり女性は派手な披露宴ってしたいものなのか」

何を言い出すこの王子。固まる澄香に、仁は背もたれに肘《ひじ》をのせ、頬杖をついた格好で追いうちをかける。肩にかかる癖のある髪、いつもきれいに剃られているヒゲが少し伸びているのがワイルドで、めまいがした。

ああ、ねえ、仁さん、それは、私へのプロポーズと取ってよろしいですか――？

いやいやアホか。そんなはずがあるものか。これは罠《わな》に違いないと身構える。ここで無理に話を進めると、「実は彼女を驚かせたくてサプライズで用意しようと思って」とか何とか澄香が一番聞きたくない方向の地雷を踏んづけて爆死するパターンに違いない。

「そりゃあ、やっぱり女の子の夢ですから」

どちらに進んでも地雷原の気がしないでもないが、できるだけ当《あ》たり障《さわ》りのなさそうな答えを口にすると、仁は「ふうん」と言った。

お、おや？　それだけか。爆死の覚悟をしていたため、肩すかしを食らった気分だ。

正直なところ、彼に恋人がいるのかどうか分からない。妻帯者である可能性だってないことはないのだ。

澄香はここで一つの覚悟を決めた。

イケメンのおみ足も見た。美しい顔はいくら見ても見飽きることはないものの、これ以上いると本気で好きになってしまいそうで怖い。

深入りすればするほど、受けるダメージが大きいだろう。撤退するなら傷が浅い今のうちだと自らを励ます声が聞こえる。

コーヒー、入った。心をこめた。いざ、これをば仁さんに手渡し、先ほどから頭の中で何度も反芻《はんすう》している言葉を口にするのだ。

澄香はともすればぎこちなくなりそうな動作でコーヒーカップを置いて、言った。

「仁さんはどうなんですか？　結婚式」

遠回しながら、相手に警戒心を抱かせない、ベストな持って行きようだと自画自賛する。

これは相手の境遇を知るために大変有効かつ高度な質問だ。

恋人がいるならば、未来の予定を。妻帯者ならば過去の話を聞けるだろう。

だが、彼が口にしたのは想定外の言葉だった。仁は長い指でカップを持ちあげると、うーんと面倒くさそうな声を出して言ったのだ。

「俺はしない。結婚自体、多分」

は⁉　澄香は思わず、大げさに肩をすくめて目を剝いて、パードゥン？　と言いたくなるのを必死でこらえた。

内心の動揺を抑えきれず、すっとんきょうな声が出てしまう。

「な、な、なんでですか？　なんで結婚しないんですか」

「なんでって……理由が必要なのか？」

不思議そうな顔で訊かれては、口ごもるほかない。

「あ、いや」

三十二歳にもなれば、世の中にはいろんな考えの人がいることも、おぼろげながら見えてくる。アミーガみたいな人たちもいれば、いまだに旧態依然とした「家」の概念を守り暮らす人もいるのだ。

　たとえば、先日、澄香の姉の布智に降りかかったケースがそうだ。彼女は、よほどの大逆転が起こらない限り、きっとこのまま結婚しないだろうと言っている。本人に言わせると、自分の仕事は「大博打《おおばくち》みたいなもの」だそうだが、実のところ姉が判断を一つ誤れば、世界経済を揺るがすような事態にも発展しかねないのだ。そんな要職にあるスーパーキャリアを前に、平気で言ってしまう親戚がいるのだ。

「ダメよ、ふっちゃん。女は結婚して子供を産んでこそ一人前なんだから」と。

　その都度、フチは「でへへ」と笑って流しているが、聞いているこっちが泡を吹きそうだった。あーそんなことこの人に言っちゃって、精神的なダメージでも与えたらどうすんの。月曜朝には世界大恐慌で、お宅の財布も政府の財布もみんな空っぽとか怖い。

　もちろん姉はその程度のことでは動じない。そもそも、そんなこと耳にたこができるほど言われ慣れているのだった。

　結局のところ、どれが正解というものではなく、それぞれの考え方であり、生き方なのだと澄香は思う。人様の考えを他人がとやかく言うべきではないのだ。そう。他人はとやかく言うべきではない。

　だがしかし、これほどのイケメンが独身主義者となると大問題だ。

　あまたの女性が彼に恋心を抱くはずだ。結婚は一つのゴールだろう。彼が既婚者となれば諦める向きも多いだろう（そうでない人もいるかもしれないが）。

だが、彼が一生独身ならば、彼女たちの恋心は宙に浮いたままではないかと、つい第三者的な立場で考える。

この男、鯛の成仏は考えるくせに、女性たちの健気《けなげ》な恋心の成仏はどうでもいいのかと思うと腹が立った。仁からすれば不条理な話だろうし、二次元的妄想を抱く側としてはありがたいことなのだが、それでもやっぱり、あってはならないことだと思うのは、澄香が世間というものに毒されているからだろうか。

シャワーを浴びに店の奥に立つ仁の背中に向かって、心中叫ぶ。

待てええ、このイケメン無双め。

貴様、いい気になっている。なんで結婚しないなどと言うのだ。特定の女に縛られるのはイヤってか。そんなに浮き名を流したいのか。

はっきり言って、澄香が見る限り、仁は硬派としか言いようのない男だ。群がる女たちに見向きもしないのだから、こんなのはもはや言いがかりである。

清めの塩で除霊されても文句を言えないレベルの悪念だ。

「ちょっと塩振った方がいいかもな」

頭の中を覗かれたかのようなタイミングで言われ、一瞬凍り付く。だが、仁が言っているのはサンドイッチの話であった。

シャワーを浴びた彼は、あり合わせの材料で手早く朝食のサンドイッチを作り、うつくしく皿に並べ、澄香にも勧めてくれているのだ。

断る理由などない。今朝は卵を切らしていたので、澄香の朝食はふりかけオン白米。あまりのシンプルさに食べた気がせず、既に小腹がすいていた。

軽くトーストしたライ麦パンにバター。フライパンの中で、ささっとかき混ぜたスクランブルエッグと、粒マスタードで和えたささみにスライスチーズ、薄く切ったキュウリを挟んである。見るからにおいしそうではあるが、わずか十分で仕上げた自分用の朝食だ。そう大したものではあるまいと思いつつ、やさぐれた気分で、澄香はガブリとかぶりつく。

瞬間、おぉ⁉　と思った。一体何の魔法か。味に立体感があるのだ。

香ばしく焼けたライ麦パンのしっかりした穀物の味に、わずかな酸味。バターのコク。スクランブルエッグは少なめのマヨネーズで和えてある。卵のやさしい滋味にマヨネーズのうまみ。ぴりりと辛い和辛子が全体を引きしめていた。

酒蒸しにしたささみは粒マスタードとレモンのみの味付けだが、細かく刻んだ大葉が入っているようだ。噛むと、奥歯のあたりで、ふわりと大葉が香る。意外な組み合わせのように思えるが、それだけの工夫で、とたんに味わい深くなるのが不思議だ。

それだけではない。よく見ると、スライスチーズと接する面には赤いソースが塗られている。

ん、これってケチャップだよね？　あ、いや、それだけじゃないか。味わいながら考える。

ケチャップの甘みが通常よりも強く感じられるのだ。少し醤油が入っているのは間違いなかった。それと、ごくごくわずかだが、ひりりと唐辛子《とうがらし》の辛さと酸味を感じる――

「もしかして、これ、タバスコですか？」

仁はうなずく。

「あいかわらず鋭いな」

仁の料理は遠近法を多用した風景画のようだと感じることがある。こんな何気ないサンドイッチでさえ、深い奥行きがあるのだ。

「すごい、おいしいです」

ボキャブラリーの貧困な澄香の賛辞に、仁は照れたような顔をして笑った。

「そうか。良かった」

だ、誰か、この無自覚に色気を垂れ流しにしているイケメンを逮捕してくれぇ。

鼻血を噴きそうになって慌てて鼻を押さえながら、澄香は悶絶した。

存在そのものがもはや極悪である。

仁が唐突に結婚式の話を持ち出した理由は、すぐに分かった。「出張料亭・おりおり堂」

に結婚披露宴の料理の依頼があったのだ。

「山田、その披露宴、仕切ってくれるか」

「え？」

「特に式次第があるわけではないらしいけど、給仕のタイミングとか色々あるだろうし。俺は料理のこと以外はよく分からないから」

「あ、はい。かしこまりました」

面倒くさい話だが、仁に頼られるのは嬉しい。

聞けば仁は、これまで数回しか友人の結婚式に参列したことがないそうだ。

「どうでした？」

「どうって……。俺は、ああいう騒がしい場所は好きじゃない」

なるほどなるほど、結婚式にあまり良い印象を持っていないようだ。

彼の友達がどんな人種かは分からないが、社会経験に乏しい若き新郎の男友達は、結構な確率で、やらかしちゃったりするものだ。寡黙な仁のことだ、そんなノリを強要されてはさぞご不快だったことだろう。

しかし、今回は間際になって「おりおり堂」に依頼がきたことを見ても分かるとおり、ごく少人数の披露宴だ。人数は、増えたとしても二十人程度だと聞いている。

これはきっとあれだわ。彼の作るおいしい料理と、わずかな親族、友人たちが織りなす心のこもったお式になるに違いないわ――。

テンションを上げるために乙女妄想を発動させてみる。

「なんか、やっぱり俺も結婚したくなったな」

ちょっと言わせてみたい、そのセリフ。

澄香は決心した。今回の結婚式を感動であふれたものにして、彼をこちら岸に引き戻そうではないか。相手が誰だとかいうことではない。ただただ世のため、仁に憧れる女子のため。彼女たちが仁の色香に惑わされて婚期を逃してしまわないよう、彼をきちんと誰かに引き渡すのも助手の役目。

そう考えた澄香は張り切って依頼人を迎えた。

しかし打ち合わせに来店したカップルと顔を合わせた瞬間、澄香は「えっ」と思った。漠然と想像していたのと、著《いちじる》しくイメージが違うのだ。

いや、そりゃイメージと違うといわれても迷惑だろうが、あえて「おりおり堂」に依頼してきたのだ。きっと、若さゆえにあまりお金はないけれど、おしゃれでセンスのいいカップルか、もしくは新たな門出を、しっとり祝いたいと望む年齢を重ねたお二人かの、どちらかだろうと澄香は勝手に思っていた。

だが、目の前の二人はそのどちらでもなかった。

女の方は、化粧っ気のない丸顔で小柄。髪はショートカットというにも中途半端な長さ、控えめな目鼻立ちもあいまって、こけしのようだ。ぎりぎり粘って、清純派とか、家庭的とかのカテゴリーに収まる感じだろうか。澄香は三十代後半と踏んだが、まだ二十八歳だそうだ。

男は四十一歳、サラリーマン。斉藤《さいとう》と名乗った。こちらも小柄な身体を包むもっさりした背広に、地味なネクタイ。頭髪は台風一過の荒れ地のようだ。顔立ちも、ただあるべき場所に取り急ぎパーツを並べてみたといった感じで、とにかく印象が薄い。通りすぎた瞬間に記憶から消えてしまうような男性だった。

「では、日時は二十九日、日曜日の正午からということでよろしいでしょうか」

地味な二人がうなずく。

「お料理については、料理人の橘からご説明させていただきます」

そう言いながら、澄香はじーんとしていた。

橘とは仁の苗字《みょうじ》だ。呼び捨てにしたのは初めてである。この身内感に痺《しび》れぬ女がいるだろうか。これが妻としての立場ならば、最上級の幸福だろうが、こんなイケメン無双を夫にしては色んな意味で神経が持たなさそうだ。ってか、ないない。お前、自分の顔を鏡で見て、目の前のイケメンと比べてみろよ、次元が違うって、などと言い聞かせ、助手として、身分相応の小さな身内感に浸っておく。

などとひとしきり面倒くさい考えを弄《ろう》しまくっている澄香に、女が「ねえ」と言った。

「お料理なんかよりも私、金色のカラードレスが着たいんだけど。鯉《こい》のぼりみたいなヤツ」

はいぃ？　思わず仁と顔を見合わせる。

「お色直しは何回できんの？」

ぞんざいな口調に、びっくりした。この地味なこけし嬢の口から出たとは、とうてい信じられない。金髪、紫ジャージにつっかけ姿の少女がしゃべっているのかと思うが、口を開いているのは、まぎれもなく目の前のこけしだ。

「はあ、お色直し……」

澄香は何となく、今回の披露宴は平服でやるのだと勝手に思いこんでいた。せいぜいが少しキレイめのワンピースにコサージュとか、華やかな訪問着程度なのだろうと想像していたのだ。慌てて仁のメモ書きを見るが、書いてあるのは日付と人数、予算のみだ。

一体、どういう会なのか。

「ええと、すみません。そういえば、会場をまだ伺っておりませんでしたが、どちらでしたでしょうか？」

「会場？　それもそっちで手配してくれるんじゃないの」

なぜに彼女は、噛んでもいないガムを口に含んだようなしゃべり方をするのだ。頭が混乱する。

「承っているのは出張料理だけですが」

仁の言葉に、斉藤が慌てて言った。

「カノンちゃん、この人にお料理作ってもらえるのはすごいことなんだよ」

このこけし女性の名はカノンというらしい。ちょっと意外だ。

「こんなぎりぎりで予約が取れたのは奇跡みたいなものなんだよ」

そうだそうだと言いたいが、男の方に訊いてみる。

「あの、それでは場所の方は……」

「あーすみません、実は会場がまだ決まってないんです」

澄香は思わず、頭を下げる中年男の脂ぎった頭皮をまじまじと見てしまった。

「ええと、今月の二十九日ですよね？」

その残り時間で、会場までこちらで用意せよと？

「い、いや。何とかこちらで手配します。手配しますので、すみません」

汗を拭《ふ》き拭き斉藤が説明するに、ここまで披露宴会場をめぐって二転三転しているそうだ。

「二転三転？」

実は、彼らは数ヶ月前から、それなりの規模の結婚式場を予約していたのだそうだ。それが、今月になって急にキャンセルすることになったという。

「は？　キャンセル？　何でまた？」

澄香の手土産《てみやげ》であるケーキを食べていたユミは驚いたように言った。

ユミはかつての派遣仲間、年下の友人だ。三月にデキ婚をした彼女が、少し落ち着いたからと新居に招いてくれたので、「おりおり堂」が休みの日の午後、訪ねて来たのだ。

ユミは二年ほど、ウエディングプランナーをしていた経験がある。結婚式や新生活の話が一段落したところで、今回の難ミッションについて助言を求めてみることにした。

「結婚式場のプランナーと意見が合わずって言ってた」

「え、合わないからキャンセルって言ったの？　あり得ねえ。プランナーチェンジするとか、いくらでもできるのに。よっぽどのことがない限り、花嫁の意見が通るもんだよ」

「何か、色々止められたらしくて」

「ええーっ。ちょっ、何しようとしたの」

ユミによれば、招待客の顔ぶれも勘案して顰蹙を買うのが明らかな場合、あるいはとんでもなく非常識なケースでもなければ、厳重に念押しはするものの、そう強くは止めないそうだ。

ユミは、はっとした顔をした。

「でも、それって当月のキャンセルってことでしょ？　式場側としちゃ大損失だよ。そこまでゴネるなんて、その人たちって、とんでもないクレーマーなんじゃないの？」

「いや、でも、キャンセル料は払ったって言ってたよ。それも相当な高額らしくて」

ユミの言う通り、直前のキャンセルゆえにキャンセル料が高く、しかも二軒連続でそれをやったため、改めて別の会場を押さえる予算がなくなり、「おりおり堂」へ来たということらしい。

ユミは大きな腹を抱えて身を乗り出した。

「待って待って。普通はそんなアホなことしないでしょ。お金ドブに捨てるようなもんじゃん。多少腹立ってもキャンセル料払うぐらいなら折り合いつけてやるでしょうに」

「それがその花嫁が、許せない、こんな式場じゃできないって言って、聞かなかったらしいよ」

「それを二軒もやったってか？　頭大丈夫なのか、その人たち……。男の方もよく黙ってるなあ」

「なんか夫の方が忠実なしもべみたいなんだよね。見てると、なんかもの悲しい気分になる」

打ち合わせ時に話を戻そう。

「おりおり堂」のカフェスペースにて。あらかたの事情を述べると、しもべは頭を下げた。

「それでも、なんとか形に残る会をしたいと思いまして……是非、橘さんにお料理を作っていただけないかとお願いした次第で」

「それは構いませんが、会場が決まらないことには料理の段取りが決められませんので」

仁の言葉に斉藤はいたたまれない様子で、うめくように言う。

「いざとなれば区民センターか町内の集会場でも」

マジでか。澄香が思うまでもなく、カノンは苛立った声を上げた。

「冗談じゃないわよ、そんな貧乏くさいとこ。お色直しは最低五回、バルーンリリースにブーケプルズはぜったいに外さないって言ってるでしょう」

お客様、お客様。区民センターでそれをおやりになるおつもりでございますか？ 極上の笑顔で皮肉を言いたい。

「だけどね、カノンちゃん。予算がもうないんだからそこはガマンしてよ」

「いやよ。女の子にとって結婚式は一生に一度の晴れ舞台なんだから。アンタも男なんだから何とかしなさいよ」

荒ぶるこけしをなだめる男の横顔に疲労の色が浮かぶ。

あまりのことに笑うわけにもいかず、中途半端な顔をしている澄香に向かい、カノンが言った。

「アンタだって女なら分かるでしょ。一生に一回のことなんだもん、妥協したくないよね」

「それはまあ、そうですが」

ああ、もしここにアミーガやマルルリアンたちがいれば、どんなバトルが展開するだろうか。恐ろしいが見てみたい。

だが、澄香の立場ではあまり出すぎたことも言えず、遠慮がちに言葉を選ぶ。

「でも、ブーケプルズは最近、やらない人が多いみたいですよ。実際二十八ぐらいの時でも私たちゲスト、微妙な感じでしたし」

きーっと爪で黒板をひっかくような声を上げ、カノンが澄香に食ってかかる。

「何なのよ、みんなで同じこと言って。私の夢なんだから、いいじゃない。私のやりたいようにやんのよ」

これはまた強烈だ。花嫁には何か悪いものでも取《と》り憑《つ》くのだろうか。

結婚式を前に、人が変わったかのように暴走する子が一定数いる。熱心に自分を飾っているうちはいいのだが、そのうち、周囲に対し、とんでもない要求を始めるのだ。これがまた何ともタチが悪い。カノンが希望しているブーケプルズも相当な地雷だが、三十を超えた友人全員に振り袖を着てくるように命令したとか。テントウムシのかぶり物をして「てんとう虫のサンバ」を歌い踊るよう強要したとか。あいたーと叫びたくなるような例は枚挙に遑《いとま》がなかった。

「結局ドMなんじゃねえの、そのおっさん」

ユミが言った。

「うーん、そうかも。あるいは、なんか弱みを握られてるのか」

「弱みねえ。まあ、四十過ぎのおっさんにしては若い奥さんなのかな。ワガママも可愛くてしょうがないとか」

「うえぇー」

いやいや、人様の考えを他人がとやかく言うべきではなかった。澄香は仁の助手として、つつがなく披露宴が進行するよう心を砕くべき立場なのだ。もちろん仁の料理を、そんな埋め合わせのような結婚式に使ってほしくないというのが正直な気持ちだ。自分一人なら即刻断っているだろうが、肝心の仁が一向に気にする様子がないのだから仕方がない。

ユミは狭いアパートの壁にもたれ、ふうーと息を吐きながら腰をさすっている。

「しっかし、マジ驚いたわ。澄香姐《ねえ》さん、まさかの転職。華麗なる転身」

「姐さんはやめてよ」

改めてユミの結婚式の写真に目を落とす。派手なネイルにゲストドレスの自分を見ると、少々気恥ずかしい気がするから不思議だ。

考えてみれば、「おりおり堂」、そして仁との運命的な出会いを果たしたのは、ユミの結婚式の帰りだった。確かに、あの日を境に、自分の生活は大きく変わったのだ。

「何かさぁ、アレだよ。私も飛び立たないとって思ったんだよね。ほら、出会いは待ってても降ってこないっつーか？　人間、時には断崖絶壁から飛び降りる思い切りも必要だってかさ」

言いながら、胃の奥辺りに冷たい汗が滲《にじ》む気がした。このままでは、断崖絶壁から飛び降りた挙《あ》げ句《く》の地獄行きも十分ありうる。

「お。姐さんマジかっこいいな。ウチなんか、どこが断崖なんかも分からないうちにこれだもん」

「いやあ。向こう見ずなんだよ私」

引きつった笑いをする澄香に、ユミは「ホラ、毎日こんなだよ」とスマホの写真を見せてくれた。

ダンナのために作っているお弁当の記録だった。食材によるハート、唇、花、ペンギン、血まみれの指などファンシーというか、いささかグロ寄りの造形が主ではあるが、いかにも若いカップルらしくて楽しそうだ。

「へえ、頑張ってんだなぁ。ちょっと意外」

ランチといえば、毎日菓子パンを食べていたユミとは思えない進歩である。

「アツタ、食の好みが幼稚園児みたいなんだよね。なんか既に大きな子供がいるみたいだよー」

アッタとはユミの夫の名だ。彼は澄香より九つも若い。

新卒入社でいきなり妻子持ち。考えてみれば、彼も相当な断崖絶壁に立っている。

「でも、料理人の彼、いいよな。結婚したら毎日、おいしいもの作ってくれるんでしょ」

目を輝かせてユミが言う。

ユミは何故か、澄香が仁と付き合っていると思い込んでいた。

彼女に言わせれば、澄香は「なんだかんだ言っても堅実」なのだそうだ。その澄香が仕事を辞めて単なるバイトの身分に甘んじるわけがない。となれば、そのイケメン料理人と結婚することが前提だという以外にあり得ないと言うのである。

違う、違うのだが、あのイケメン無双とどうこうなる自分というものを想像するのも悪くない。あくまでも想像の中でだが。

ユミを騙《だま》す気はなかったが、幸せそうな彼女を見ていると、今だけ誤解を解かないまま幸せな妄想をさせてもらっても罰《ばち》は当たるまいと思った澄香は「さあ、どうなんだろうねー」などと適当に笑い、ごまかすことにした。

「ウチもさあ、そろそろアッタに料理を仕込んでいかないと。いつまでも甘やかしてらんないんだよね」

「あー生まれたら大変だもんね。でも、当分は専業主婦で行くんでしょ？」

ユミは常々、大声で専業主婦狙いを喧伝《けんでん》して回っていた人なのだ。

んんっと声をあげ、ユミはうなずいた。

「そのつもりだったんだけどね、やっぱり来年から子供預けて働くことにした。だってさー、新卒の給料一本じゃムリだわやっぱり」

「え、そうなんだ」

一瞬の間があり、ユミは言った。

「うん。お金持ち捕まえて優雅な奥様生活のはずが、予定狂った。でも、こうなった以上はしょうがないってか。どうにか二人でやっていくしかないしさ」

ユミが派遣社員となったのはここ数年の話だ。長く同棲していたミュージシャンの彼と別れ、本人いわく「一念発起して」楽な生活を目指すことにしたらしい。もうお金のない男はこりごりだと話す彼女はお金持ちのサラリーマンを捕まえて専業主婦に収まるべく、本人いわく「女装」をして出会いを探していたのだ。

だが、ユミが結婚相手に出会ったのは「女装」をした仕事先ではなくて、女装を解いてユミ本来の姿に戻って出かけた音楽関係のイベントにおいてだった。

今、いい意味で個性的すぎるユミの普段着や髪形、アクセサリーを見れば、無理しているのがあちこちから噴出して今にも破裂しそうに見えた派遣社員の姿より、よほど似合っていることは明白だ。

「ユミさあ、もし本当にお金持ち捕まえてたら、あんたは一生女装を続けてたんだろうか？」

ユミはうーんと唸った。

「どうかなあ。でも、まあ無理だろね。結局さあ、本性隠して付き合ったとしても一晩が限界だし。女装してないウチを好きになってくれる人なんてアツタぐらいしかいないわ」

「のろけか」

「まあな」

ユミは照れ隠しのように笑って頭を掻《か》いた。

「けどさ、結婚となるとやっぱり付き合ってる時とは違うね。行く手に次々と難問が現れる感じ。もーまたかよ、どうやってクリアするんだよって感じ。思ったんだけど、これさあ、よっぽど相手と相性が良くないとその時点で心が折れちゃうよね」

「ほう。世の中の夫婦ってそんなに大変な思いをしてるもの？」

「いや、知らんけど。ウチはお互いに条件良くなかったからね」

条件がいいのか悪いのか分からないが、カノンと斉藤の披露宴にも次々に難問が降りかかってきた。もっとも、その難問は当事者であるカノンたちではなくて、主にこちらに降りかかってくるものではあったが。

まず現れたのはエビ問題だ。

予算の関係で、伊勢エビを使うのは難しく、車エビを使うことになっていたのだが、やっぱり他の食材を変更してでも伊勢エビを入れろと言う。今回は慶事なので、食材を間違いなく用意するため、既に全品手配済みだ。電話を取った澄香がそう説明したのだが、斉藤の後ろでカノンが「何とかしてよ、あんな女じゃ話になんない。料理人に直接交渉してよ」とキンキン声でまくし立てている。

「私、ザリガニ釣ってきます」

するめを持って近所の池に向かおうとする澄香に仁が、「待て山田」と慌てて止めた。

「伊勢エビとザリガニ、一ミリたりとも似てないから」

そんなもん分かりゃしないだろうと思ったが、イケメンに全力で引き止められては仕方がない。

お次はスープだった。

「ツバメの巣のスープですか？　それはちょっと難しいですね……。フカヒレなら何とかなるかもしれませんが」

おのれはかぐや姫かと歯嚙みする。さすがの仁も少々うんざりした声だ。

電話を終えた彼に提言する。

「ツバメの巣がご所望なら、そこらの軒先のを取ってきて、煮込んどいたらどうでしょう」

「いや、それ、ツバメが困るだろ」

真顔で言うイケメンに、澄香は噴き出した。

この男、時々恐ろしく可愛いから困るのだ。

しかし問題はそこではない。

澄香は仁に向き直った。今もって神々《こうごう》しいまでのイケメンぶりに慣れることはなく、こうして向き合う時はいつも、眩しさで薄目になってしまう。

「あの、仁さん。本当にいいんですか？　あの人たちの披露宴」

「断る理由はないだろう」

「そうですかぁ？」

理由なら十分すぎるほどある気がするが。

「あの人、まだまだ何だかんだと無理難題を押しつけてくるんじゃないのかなあ」

「いいよ。俺は披露宴にふさわしい料理を全力で作るだけだ」

「あ、はい。そうですよね」

ああ、あんな女のためにもったいないーというのが本音だが、イケメンがまっすぐ過ぎて頷《うなず》く以外にないのである。

結局、会場は「骨董・おりおり堂」を使うことになった。

斉藤が頼んできたのだ。

「お祝いですもの。うちは構いませんけど……。ここに二十人も入るかしら」

桜子がカフェの椅子を見ながら首を傾げる。

「ですよねー。陳列の骨董もしまわないと」

「あら、本当。これは準備が大変ですわよ、澄香さん」

大体、日曜日といえば、「おりおり堂」を訪れるお客も少なくはない。数時間といえども、貸し切りにせねばならず、ある意味、営業妨害だと思うのに、桜子は、会場費を取らないという。これ以上文句のつけようがあるまいと澄香は思ったが、カノンのワガママは留まるところを知らなかった。乾杯のシャンパンに真珠を全員分入れてくれなどと、ぬかしおるのだ。

アホかあっ。思わず受話器を叩きつけそうになってしまった。

「なんか、逆に結婚式をぶち壊そうとしてるんじゃないかって気もしますよね」

仁は無言だ。

今回はお祝いごとだからかもしれないが、特別に、仁の気が長いように思われる。

彼は料理人の誇りに反することは、どんなにお金を積まれても、できないことはできないと、はっきり言う人だ。ここまでのカノンの無茶ぶりの連続。いつもの仁ならば、とっくに断っていても不思議はなかった。カノンだって、「おりおり堂」が手を引けば、いよいよ行くアテはないはずだ。

イイ子だから、このまま、おとなしく当日を迎えてよね――。と澄香が祈ったところで、カノンは攻撃の手を緩めはしなかった。

最後にして最大級のトンデモ要求が降ってきたのである。

ポエムである。

斉藤のみの急な来店に何事かと思ったら、「おりおり堂」を小さな田舎の教会に見立て、壁のすべてをかわいく白のペンキで塗り、ブルーの花で埋め尽くせと言うのである。

そこで私は木いちごの花かごを持って入場するの。byカノン。

どこのフランスの片田舎だよ、と思わず突っ込む。

「冗談ですよね」

「申し訳ありませんっ」

謝るばかりの斉藤は、愚鈍《ぐどん》に見えて強引だ。

「あのう、斉藤様。お客様といえども、世の中にはできることとできないことがあるの、お分かりですよね」

以前にいた会社のお局様《つぼねさま》が憑依《ひょうい》したかのようだ。相手の小男が嗜虐心《しぎゃくしん》をそそるのか、恐縮しているようでありながらその実のらりくらりと一向に堪《こた》える様子がないせいか、ねちねち小言を言うような喋り方になってしまう。

「百歩譲ってですよ。カノンさんはウエディングハイです、で許されるかもしれませんけど。でも斉藤さん、あなたも経験を積まれた社会人ですよね。ご自分のおっしゃってること、おかしいとお思いにならないんですか？」

あーまずいよまずいよ。これまで優雅に振る舞ってきたつもりの自称女子力の背後から社会人歴の長さが顔を覗かせる。硬派イケメンの前であんまりキツいことは言いたくないのだが、仁が言わないのだ。自分が汚れ役を引き受けるしかあるまい。

「この店の価値が分からない方に、仁さんのお料理を召し上がる資格はありませんっ」

澄香の剣幕に、「おりおり堂」の椅子にちょこんと座った斉藤は更に身を縮めた。

「す、すみません……ムリだとは思ったんですが、カノンちゃんがどうしてもと言うもので……一度お願いだけしてみようかと」

「あなたはカノンさんの下僕ですか。自分の意思はないの？　婚約者が非礼ならたしなめるなり、叱るなりなんとでもできるでしょう？　あーもう話になんない。仁さん。もう、お引き取りいただいていいですか」

仁が、やれやれという顔をしてカウンターから出てきた。

「山田、言い過ぎだ、謝れ。斉藤さん、山田が失礼なことを申しあげました」

「は？　なんで私が謝ら……」

「いいから」

仁の大きな手が頭にのせられ、ぐいっと押さえつけられる。

「申し訳ありません」

仁の声が頭上で聞こえる。彼も一緒に頭を下げている気配があった。

なんでよ。納得いかない！　悪いのはこのしょぼくれた中年男じゃないのよ。怒りにはじけそうな澄香の頭の上で、ふっと仁が手の力を抜いて、一瞬、指で髪をくしゃくしゃとした。

澄香は思わずフリーズした。

これはゲームのボーナスイベントか。カアアッと顔に血がのぼり、澄香はしばらく顔を上げることができずにいた。

そのあと、斉藤が情けない声で、縷々《るる》身の上話を始めたが、一向に頭に入ってこなかった。


結婚式の朝。「おりおり堂」は随所に花が活けられて、とてもきれいだ。それだけで美術品のような陶器や磁器に、百合や桔梗《ききょう》が活けてあるのだ。

結局、カフェスペースでは狭いので、奥の和室を片付けて使うことになり、そこにあったものは、昨日、仁や澄香、手伝いに来た玻璃屋の左門とそこらの店の若い衆の手によって、二階や店に分散して移動させてあった。物がなくなってみると、意外に広い座敷で、磨き込まれた窓から見える庭が美しい。白と紺のあじさいが雨に揺れ、額縁の絵のようだ。床の間には、翁《おきな》と嫗《おうな》が仲むつまじい高砂《たかさご》の掛け軸が飾られている。

昨日の時点での最終参加人数は新郎新婦含め、十二名ということで、中央の新郎新婦を左右から見守る形で列席者用の席が作られていた。玻璃屋から持ち込まれた長机に純白のクロスがかけられ、ブーケ代わりに丸く束ねられたシャクヤクの花が、今にもこぼれ落ちそうだ。

華やかでいて、きんと張り詰めた、披露宴に特有の空気が漂っている。

残念なのは天候で、朝からずっと雨が降り続いており、室内は薄暗い。この部屋の天井に照明はなく、店から運び入れた行灯や石油ランプが、蒔絵のうつわを黒々と照らしていた。エアコンの風で時折、影が揺れている。それはそれでまた風情があった。

料理は和洋折衷のコースだ。

まず、玉手箱のような塗りの小箱に入った前菜三種。コリコリ、とろりと不思議な食感の生キクラゲだ。生キクラゲはブランデーの香りのするソースで仕上げてあり、何ともゴージャスなビロードのような食感だった。黒焼きにしたパプリカのマリネには澄香が聞いたことのない種類のチーズと、肉のようだが肉ではない、ねっとり濃厚な味わいのうまみが詰まった何かを巻いてある。口に入れると、パプリカの濃厚な香りがじゅわりと拡がり、これまた結構な舌触りに、ずっしりくるうまみ。良い意味で乳臭いチーズ。そして、また正体不明のシャリシャリとした食感で、新たなリズムが加わる。

三種目はベトナムの生春巻きかと思ったが、さすがは仁、それだけではない。鶏肉で作った自家製ハムと色とりどりの野菜を巻いた生春巻きに添えられているのは、スイートチリではなく、何とサクランボのソースだった。これがまた絶品。もちもちした生春巻きに、細く切り揃えられた野菜はしゃきしゃきというよりはさくさくした食感。湯上りの肌のようにみずみずしくも柔らかい、うまみたっぷりの鶏ハム。それだけでもきちんとまとまっておいしい。そこに、サクランボのソースをかけて澄香はびっくりした。若く控えめな甘みと酸味、そしてチリの辛さを併せ持つソースが、口の中でさっぱりした生春巻きとマリアージュ。様々な味が一面の花畑のように咲き誇るのだ。

お造りは、湯引き車エビと鯛。繊細な包丁さばきをうかがわせる。目にも鮮やかな美しい緑のかいしき。心憎くも、つややかな朱塗りの杯の上で、寄り添うがごときにエビは朱、鯛は上気した花嫁の肌のごとき桜色である。

ただし。ここに本物の花嫁はいない。

結局、カノンは来なかったのだ。

カノン側の親戚も全員不参加。あわれ四十一歳斉藤の親族が数名いるばかりだった。彼の両親は既に亡く、いとこが男女一名ずつと、年老いたおばが二人。四人で額を集めて相談の結果、せっかくだからと、料理を食べて帰ることにしたらしい。

以前、ユミに聞いたことがある。披露宴当日になって、新郎新婦のどちらかが失踪するような事件はたまにあるらしく、大抵の場合、列席者はこんな風な微妙な空気の中で食事だけして帰るそうだ。

席が余ってしまったので、急遽《きゅうきょ》、古内医院の老先生、桜子と澄香がお相伴にあずかることとなった。

さらに、少し遅れて強烈な団体がやって来た。

この世の悪夢を体現しているかのごとき一団だ。宝塚歌劇団か浅草サンバカーニバルから借りてきたような羽飾りは彼らが動くたび、天井に、隣席で怯《おび》える斉藤の親戚にと、刺さりまくっている。ラメ、スパンコールにモール。世の中の光り物すべてをかき集めて身にまとうがごとく。石油ランプの光に反射して、キラリ、チカリと煌《きら》めく。濃厚な香水と化粧品の匂い。二十センチはあろうかというつけマツゲに、七色のペンキを塗りたくったかのような濃いメイク。分厚いルージュは赤や黒、紫に青、緑。色とりどりだ。何とか戦隊のように綺麗に色分けされたドラァグクィーンが五人。

「仁ちゃーん、来たわよ。あら、こちらが新郎？　まあま、突然にお招きいただいてぇ。ホントに本日はお日柄もよろしくなくて、ご愁傷さまでしたぁ」

どやどやとやって来た極彩色の集団の先頭で、鷹《たか》の爪みたいなネイルで斉藤の薄い頭髪を撫で回しているのは、二メートルを超える巨漢、アミーガ・Death・ドンゴロスだ。別の意味で、ぱっと座が明るくなる。

「残念男の披露宴だって聞いたから、今日は急いでオシャレして来たわよぉ」

聞き覚えのあるアニメ声はマルルリアン妖精のようだ。メイクが強烈で見分けがつかないが、全身ピンクのドレスにはラメがちりばめられ、イチゴ模様の大きなリボンでラッピング。ゴージャスなブロンドの巻き髪にセクシーな付けぼくろ。背中には妖精なのかハエなのかにわかには判別できない巨大な羽を背負っている。

さらによくは分からないが、黒髪ストレートに紫のドレス姿のサイバーパンクみたいな美女はスンガリッチ・カイカマヒネ律子かと思われた。胸にブートニアを飾ったままの礼服姿でドン引きしている斉藤に、ばさばさと音のしそうなマツゲでお酌《しゃく》しながら声をかける。

「まあまあ、お兄さん。人間、詐欺《さぎ》を働くよりは働かれる方がいいわよ。お金はまた稼げばいいでしょ。高い勉強料だったと思ってあきらめることね」

「え、詐欺？」

「あら、アンタ、結婚詐欺に遭《あ》って、花嫁に逃げられたんでしょ」

服装が人を変えるのか。いつもよりハイテンションなカイカマヒネ律子だ。

「いや、彼女は詐欺なんか……」

慌てて首をふる斉藤にアミーガが、んまっ、と声をあげた。

「どこまでもトンマな野郎だわねぇ、だってアンタ。見てみなさいよ。女の側は誰も来てないじゃない。最初から騙されてたのよ。阿呆《あほう》よねー、若い女にのぼせてたんでしょ」

「これこれ、ドンさん。少々言葉が過ぎますぞ」

老先生がたしなめる。

「いやーだっ。センセ、このカッコでドンさんはないでしょー。アミ子と呼んでっ」

火の鳥みたいな羽根の噴水を頭につけたアミーガにぎゅうぎゅう手を握られ、ふぉっふぉっふぉっと老先生は笑った。

余談だが、アミーガの名前（よもや本名ではないと思うが、よく分からない）に入っているドンゴロスとは麻袋のことだそうだ。ドン殺すだと思っていたが違うらしい。

「違うんですよ。カノンちゃんは詐欺なんかしてないんです」

「じゃあなんで来ないのよ。一郎ちゃん、まさか叔父さんたちのなけなしの遺産を全部巻き上げられたんじゃないでしょうね」

黒のフォーマルツーピースにコサージュをつけた、これまた地味な従姉妹《いとこ》が、詰問口調で言う。

「ヤダーッ。可哀相《かわいそう》に。こんなしょぼくれた中年男からお金取ったら何が残るのさ」

違っ……という斉藤の言葉はオネエ戦隊の大声にかき消された。

「ハンッ。どうせ若い女に鼻の下伸ばしてデレデレしてたんでしょうよ」

「怖いわねえ。中年男が童貞こじらせちゃうと、こうなるのよ」

キャー何それ、卑猥《ひわい》、ぎゃあぎゃあと黄色い声がこだまする。

「いい加減にしてくれっ」

落雷のような一喝に、一瞬、室内がしんとなった。

え、誰？　と見れば、立ち上がっているのは斉藤の従兄弟《いとこ》だった。

「この一郎ちゃんはな、そんなんじゃないんだ。この年まで独身だったのもちゃんとワケがあんだよ。一郎ちゃんは二十年近く、叔父さんと叔母さんの介護を一人きりでやってた。だから婚期を逃したんだよ。今回だって、オレたちゃみんな喜んだんだよ。今までの苦労を考えりゃ、若い女の子をお嫁にもらうくらいのご褒美《ほうび》もらって当たり前なんだよ。だから、みんな、諸手《もろて》をあげて……喜んで」

泣きながら語る、むさい中年男の言葉に気まずい沈黙が降りる。

老おばの一人が、ハンカチで涙を押さえながら、引き継いで語り出す。

「この子は本当に、まじめだけが取り柄《とりえ》で、器用なことも何もできやしません。親思いで、いっつも人のことばかり気にかけて。やっと自分の幸せを摑《つか》んだと思ったら、こんな仕打ちを受けて、可哀相《かわいそう》に……」

一気に場がお通夜《つや》のようになってしまった。

「斉藤さん、そもそものなれそめを聞かせてもらえますか？」

そう言ったのは、後からアミーガたちの料理を運んできた仁だった。

実はこの話、仁と澄香は一度聞いている。もっとも、澄香は頭ポンポンの余韻《よいん》に失神寸前だったので、半分くらいしか覚えていなかったが。

二人のなれそめは、当然のことながら婚活なのだろうと思っていたが、そうではない。

三年ほど前のある日、斉藤が仕事に出かけている間に、家にいたはずの母親が行方不明になった。数年前に父親を看取《みと》って以来、徐々に認知症が進行していたのだ。偶然、見かけた彼女に声をかけ、保護してくれたのが、カノンだったのだそうだ。

カノンは心細がる老女の手をさすり、励ましながら近所に訊ねて回り、家をつきとめて、送り届けてくれた。

「まあ、いいお嬢さんね」

桜子の言葉に、老先生が「ほんにのう」とうなずく。

カノンは当時、バイトをしながら資格取得のため近くの学校に通っていたそうで、斉藤が休みの日などに母親を連れて散歩に出かけると、偶然顔を合わせるようなことが何度かあったらしい。とはいえ、押しの弱い斉藤だ。当然顔見知りの域を出ない。

進展のないまま二年が経ったのち、二人の距離が接近するきっかけとなったのは、斉藤の母の死だったそうだ。斉藤の母が亡くなったことを人づてに聞いたカノンが、自宅に駆けつけてくれたのだという。

　斉藤とわずかな親戚だけの葬儀は既に終わったあとだったが、骨壺と遺影を置いた小さな祭壇に彼女は焼香《しょうこう》し、お弁当を差し入れてくれたのだそうだ。

「ふうん。最近の詐欺師ってそんなに面倒くさいことするもんなのかしらね」

「アタシ、なんだかその娘が哀れになってきたわ。思うんだけど、悪いのはこのおっさんなのよね。元は良い子なんじゃない？　なのに、こいつがワガママを野放しにしてたから、その娘が増長して、こんなことになっちゃったのよ」

　マルルリアンの辛辣《しんらつ》な言葉に、斉藤はうなずいた。

「そうかもしれません」

　カイカマヒネが、紫の羽がふわふわした扇子で、肩を落とす斉藤の手をぴしゃりと叩く。

「アンタ、考えが甘いのよ。若い子だからって、甘やかすと、とんでもない化け物になるのが女なの。分かった？」

「あらまあ、そうなの？」

　桜子に笑われ、紫のカイカマヒネが「ヤダわ、マダムは別よ」と肩をすくめた。さすが桜子オーナーだ。さしものオネエ軍団も貫禄負けである。

「そうですよね……でも、こんな冴えないおじさんのところに、あんな若くてかわいい子がお嫁にきてくれるなんて、夢みたいで、正直、天にも昇る気持ちで。でも、なんだかよく考えると可哀相な気もして……。せめて彼女が望むなら何でもかなえてやろうと思って しまって」

若くてかわいい？　あの三十代後半に見えるこけし娘がか？

客観的に見ると、いささか疑問だが、斉藤の目にはそう映るのだろう。

「それで逃げられてちゃ元も子もない。まったく救いようのないバカだよ」

そう言い放ったのはアミーガでもカイカマヒネでもない。誰あろう、もう一人の老おば だった。いたたまれない空気の中、しょぼくれた中年男は出されたスープをごくごくと音 を立てて飲み干した。

「アンタ、ちゃんと味わいなさいよ、殺すわよバカ」

火の鳥アミーガが低い声でつぶやく。

ツバメの巣ではもちろんない。上品、丁寧に作られた純白のビシソワーズだ。口に含む と、じゃがいもの香りとシルクのようになめらかな舌触りにうっとりする。

じめじめした梅雨の季節、哀れな男。

鬱陶しい気分を忘れさせてくれる一服の清涼剤のごとき味わいだ。

もっとも、澄香は食べているだけではない。くるくると立ち働きながら、合間にお相伴 にあずかっているのである。

続いて、厚切りのローストビーフ。低温でじっくり焼かれた赤身肉は、まさに桜色の肌合いで、悩ましいほどだ。目の前で仁が切り分けると、じわっと肉汁があふれた。香味野菜を煮詰めた醬油ベースのソースに、普通ならホースラディッシュのところ、わさびのすり下ろしたものを添えてある。舌にのせると、一瞬にして、とろりと溶けてしまうような柔らかさだ。肉のうまみに複雑な野菜の味わい、香りの良い醬油。遅れてわさびがぴりりと立ち上がる。重めの赤ワインを口に運べば、贅沢すぎる味わいに陶然となった。

もちろん、一応ワインは「お料理を運ばねばならぬ立場なので」とご辞退申し上げたのだが、斉藤がどうしても、とおっしゃるのでいただいているのだ。

「どうぞ、私を笑ってやって下さい」と彼は言う。

「だけど、斉藤さん、どうしてそのお嬢さんを可哀相だなんて、お思いになったの？」

桜子の問いに、斉藤は薄い唇をひょっとこのようにとがらせた。笑いを取ろうとしているのではない。懸命に答えを探しているらしいのだ。

「だって、二十代なんて、まだまだ楽しい時期のはずじゃないですか。それが僕なんかと結婚したら、たちまちつまらない毎日になるんじゃないかって……」

「ホントにおバカねえ、結婚なんて人生の墓場に決まってるじゃないのよ。ねえ」

黒いライナーで縁取《ふちど》りをしたボルドー色の唇に肉を運びながら、アミーガがからからと笑う。

「結婚をお決めになったのは？　いつ？」

桜子がにこやかに訊いた。

「いい年をしてお恥ずかしい話です」

包み込むような桜子の笑顔に促され、斉藤が言う。

「母親が亡くなったってのは自分で思ってた以上にショックだったみたいで……。お通夜や骨《こつ》あげを待つ間に、ちゃんとお膳を食べてたつもりだったんだけど、全然味なんか分からないまま、砂でも噛んでるような気分だった……」

「今、まさしくその気分でしょうね」

アミーガたちが囁く。

「無理ないんだよ、一郎ちゃんは働きながら在宅で二十年も年寄り看てたんだから。身も心も疲れ果ててたんだよ」

従兄弟の言葉に、斉藤は小さくうなずいた。

「だけど、何だろうな。その時は、正直に言って、母の死を悲しむどころじゃなかったんですよね。やっと解放されたんだって思う気持ちと、疲れた休みたいって気持ちと……なんか、とにかく世の中が全部、砂か何かの影絵みたいに見えて、色とか匂いとか何も感じられなかった」

そこへ急を聞いたカノンがやってきて、ピンク色の花柄の布に包んだお弁当を、おずおずと差し出したのだという。

しょぼくれ中年は、ぷっと笑った。

「おかしいでしょう。彼女は黒い服を着てるのに、お弁当の包みはピンク色なんですよ」

空腹は感じなかったし、正直なところありがた迷惑な気もしたが、せっかく持ってきてくれたんだし、せめてポーズだけでもと箸をつけたのだという。

食べながら、斉藤は、自分が落涙していることに気づいて、驚いたそうだ。

「味がね、身体に、いや内臓にかな。染みわたるような気がしたんですよ。大げさなんだけど」

しみじみとその情景を思い描いている一同に向かい、斉藤は慌てた鶏のように、バタバタと手をふった。

「あ。いや、そんな立派なおかずだったとか、プロ級のお弁当だったとか、そんなんじゃないんですよ。不格好な卵焼きとか、焦げた唐揚げとか、ちくわとか……でも、すごくおいしくて、おいしいのに、急に何とも言えず、悲しくなってしまって」

斉藤は一人っ子だそうだ。

その瞬間、親を亡くした意味が、しみじみ胸に迫る気がしたのだと言った。

「自分はこの地球上で、本当にひとりぼっちになったんだと思ったんです。いや、いい年して気持ち悪いって思われるかもしれませんが……。はは、感傷的だな、我ながら」

「一郎ちゃん、水くさいこと言うなよ。オレたちだって、おばちゃんたちだっているだろ」

力強い従兄弟の言葉に、斉藤はうなずきながら感極まったように鼻水を啜《すす》る。

「バカね。そういうこっちゃないのよ。いとこが何人いたって別物なの」

紫カイカマヒネが言った。

「そうよ。この親父が言ってんのは、自分のことだけを考えてくれる家族ってことでしょ。その気持ちはアタシも少うし分かるわよ」

珍しく深いアミーガの言葉に斉藤は頭に手をやり、少ない頭髪をかき混ぜるようにした。

「いや、すみません……。情けないこと言ってますよね」

へへと笑い、「ダメだな、ホント情けない」と独り言みたいに繰り返している。

「分かってるんです、僕みたいな取り柄もない中年男、ひとりがお似合いなんですよ。だけど、だけど、あの時、もし、カノンちゃんと残りの人生、歩んでいけたらどんなに幸せだろうと思ったんですよね。はは、何夢みてんだって話ですよね」

ぐちぐちと言《い》い募《つの》る斉藤に老先生がフクロウみたいに首を傾げた。

「その娘さんは、あんたに行く先も告げずに姿を消してしもうたのかのう？」

「はあ、それがこちらのお店を白く塗る話が断られたって言って以来、電話にも出てくれないもので……」

「ハアッ、何ですって⁉　ちょっと待ちなさいよ、アンタ。それじゃあ今日の披露宴は最初から始まらない公算大じゃないのさ。テメー、仁ちゃんに料理だけ作らせてどうするつもりだったんだよ、おるぁあ」

アミーガにヘッドロックをかけられ、赤い羽根が顔中に刺さり、恐怖に歪《ゆが》んだ斉藤の顔が小刻みに揺れている。

「俺がやりましょうって言ったんですよ」

皿を運んできた仁の声に、アミーガは小男をぽいっと投げ捨て、「キャー仁ちゃんっ」と甘い声をあげた。

「斉藤さんもダメならダメで、きちんと皆さんに挨拶したいとおっしゃって」

「そりゃそうよねえ、ケジメは大事よ。第一、材料ももったいないわ。まあ、せいぜい、アタシたちはこの男の成仏を祈って、この男の支払いで、タダ飯をおいしくいただきましょ」

マルルリアンが丸まっちい指で箸を持つ。

大きな朱塗りの皿に盛られていたのは、ちらし寿司だった。キャーと歓声をあげて、覗きこんだドラァグクィーンの兄貴たちが、ん？　と変な顔になる。

仁が作ったとも思えない、あまり美しくないお寿司だ。全体に色が濃く、どちらかというと、かやくご飯のような見た目。上にのっている錦糸卵も不揃いで、卵焼きのようである。

「あ、あら？　何の趣向かしら。下からごちそうが出てくるとか？」

仁みずから取り分けるが、何も出てこない。

食べると、見た目通り味が濃いめの、何とも素朴なちらし寿司だった。

「ん。お味も野趣あふれるわ、田舎料理なのかしら。それとも仁君の皮肉？」

カイカマヒネたちが、ひそひそ言っている。

もそもそと箸をつけた斉藤が、突然、立ち上がった。無言で目を見開き、仁の顔を見ている。仁は長机の端でアミーガに腕を組まれながら、まっすぐ斉藤を見返した。

そのにらみ合いというか、見つめ合いが長く、異常を察知した皆が、なんだなんだと顔を見合わせる。うち、半数近くがド派手なメイクに奇抜な衣装のドラァグクィーンだ。顔面のメイクがあまりに厚く、ちょっと仮面のようで表情はよく見てとれない。

「カノンちゃん……ですよね？」

仁がうなずく。

「今朝早くここへ来て、作って行かれました」

「な、なんで、そんな」

「え？　じゃあこのお寿司は詐欺女が作ったの？　ヤダァ、どーりで繊細さに欠けると思ったのよぉ」

「いや、これはこれで素朴な、よき味ですぞ」と老先生。

「ちょっと待って。一体どういうことなのよ。結婚当日、花嫁が逃げ出すのに、なんで田舎寿司を作って行くのさ」

ロングヘアの美女、カイカマヒネが首をかしげた。

「わかったー！」

アミーガが普段の二倍ほどの大きさに縁取られた目を更に大きく見開く。共に大きく開かれた口はこの世のすべてを吸い込んでしまいそうな勢いである。

「ヤダ、わかっちゃったわよぉ、アタシ」

「何、何？」

笑い出すアミーガに愉快な仲間たちが詰め寄る。

「つまりこうだわよ。誰だって、こんなしょぼくれた中年のおっさんよりも、仁ちゃんみたいなイケメンの方がいいに決まってるでしょ。そのくそビッチはさ、結婚を目前にして、つい仁ちゃんによろめいちゃったのよ。だから、厚かましくも仁ちゃん目当てに押しかけて、恐れ多くも仁ちゃんを手料理で釣ろうとしたわけ。だけど、アンタなんか仁ちゃんが相手にするわけないでしょ、クソ女――ってことで、傷心のバカ女は旅に出ました。おーわーり」

「ヤダー。その後の悲しい末路まで容易に想像できるわね」

斉藤がため息をついた。

「いや、でも……。それならそれでいいです」

「は？　何ですって？　この寝取られ亭主が」

カイカマヒネの言葉に、マルルリアンが「寝取られはおやめ」と言った。

「だぁって仁君がそんなブス、相手にするわけないじゃん」

ある意味、ひどい言われようである。

「カノンちゃんが望むなら、それでもいいんです。僕は彼女の選択を全面的に支持します」

「は？　アンタ、Mなの⁉」

アミーガが男に非難のまなざしを向ける。

「大体、何なのさ？　カノンちゃんが――、カノンちゃんが望むなら――って、そんなのはてめえの気持ち悪い自己満足なんだよ。分かったか、このマスターベーション野郎が」

後半野太い声でそう言うと、アミーガは突然、キャッと大きな肩をすくめた。

「ヤダァ。ちょっとアンタ、お下品よ。仁ちゃんの前で何てこと言うの」

そう言って、マルルリアンをばしばし叩く。

「痛い、痛い。アンタが言ったんじゃない。仁君、分かったでしょう。これがアミ子の本性よ。人間がお下劣なのよ、本質的に」

「何ですってえ」

見ている。

ぎゃあぎゃあとかまびすしく騒いでいるアミーガたちを、斉藤は魂の抜けたような顔で見ている。

「ただ……ただ、僕は、彼女が幸せでいてくれればそれでいいんです」

「勝手なこと言わないでっ」

突然、口を開いたのはオネエ戦隊の〝ブルー〟だった。

昔のヘビメタバンドみたいな派手なトサカ状のカツラも青、ドレスも青、白塗りの顔面に青く濃いアイメイクに口紅まで青の小柄な人で、これまで一度も口を開いていないし、料理に箸もつけていない。すました人形のようだった。

「そんなんで幸せになれるわけないでしょう」

斉藤がぽかんと口を開け、異形の「青」を見ている。

「カ、カノン……？」

戦隊仲間が、ぎえぇーっと声をあげた。

「ええっ、この子がカノンなの？　どこのちんちくりんがくっついてきたのかと思ったわよ」「アタシもー」などと言っているが、当然、彼女（？）らの助力なしには、こけしのようなカノンの顔を華麗に変える、思い切ったメイクは不可能である。

「私、私だっていっちゃんと幸せになりたかったよ。だけど、ダメなの。私じゃ、いっちゃんを幸せにしてあげられないい」

青いメイクをでろでろにして泣きじゃくるカノンに、斉藤は何を言われているのか分からないようだ。

「カノンちゃん、どういうこと？」

「私ね、私……子供を授からないかもしれないって言われたの」

桜子に背中をさすってもらいながら、とぎれとぎれに、カノンが語る真相はこうだった。

斉藤との結婚が決まり、カノンは会社を寿退職《ことぶき》した。その際、親しくしていた同僚が言った何気ない一言が、ふと気になったのだという。

「カノンさあ。アンタ、結構生理不順だって言ってたじゃん。一応ブライダルチェック受けといた方がいいんじゃない？　彼、専業主婦になっていいって言ってくれてるんでしょ。そこは結構ポイント高いよ」

同僚が何のつもりでこんなことを言ったのかは分からないが、日増しにそれが気になりだしたカノンは、ついに居ても立ってもいられなくなり訪ねた病院で、驚愕《きょうがく》の事実を告げられた。

予想外のことにどうしていいか分からず、彼女はパニック状態で、とりあえず既に予約していた式場の打ち合わせで無理難題をふっかけ、キャンセルに持ち込んだ。

だが、ここでカノンに甘い斉藤は次の式場を探してきてしまったのだ。

同じように無理難題を持ち出す過程で、カノンは関係者が陰で囁くウエディングハイという言葉を偶然耳にした。

自分が、いわゆる〝花嫁様〟だと思われていることに気づいたカノンは、そのままそれを装うことにした。友人や親戚にも、次から次へとんでもない要求をし、呆れた相手が欠席するように仕向けたのだ。

「疎遠決定！　ってヤツね」

カイカマヒネが言う。

「そこまでするかねえ？」

呆れたような声を出すマルルリアンを、きっと睨《にら》み、「青」は続けた。

「だって、もしこのまま結婚したって、しなくたって、どっちにしたって私、みんなから子供はまだなの？　産まないの、まだ結婚できないのって、一生見下されて生きていかなくちゃならないんですよ」

「あーあ。だからアンタたち女は愚かだって言うのよ。子供を産まない華麗な人生だってあるでしょうに」

諭すようなアミーガの言葉に、カノンは首を振った。

「私にはそれしかないんです。いっちゃんだって、子供は何人ほしいとか、学費がいくらかかるからそれまでは頑張って働かないとって楽しみにしてるのよ。せっかく二十代で結婚して、子供が産めなかったら何の価値があるんですか。他の女に何で勝てるの？」

「そうじゃない」

　くぐもった声に続き、ごくりと何かを飲み下すような音を立て、斉藤が立ち上がった。末席にいた「青」の前に、正座をして座る。閻魔《えんま》大王の前に引き出されたケチな小男のようでもあった。

「なんでもっと早く言ってくれなかったの？」

「言おうと思ったけど、言えなかったんだよ」

　カノンがだだっ子のように叫ぶ。

　斉藤は手の甲で顔をこすった。

「すまない、ゴメン。そんなにも君を苦しませて、分かってあげられなくて、本当にゴメン。許してくれ」

　カノンがわああっと声をあげる。

「そう言うでしょ？　それが分かってるから言えなかったんだよ。いっちゃんは優しいから、絶対にそう言うの。だけど、それはあなたがガマンしなきゃならないってことなんだよ？　いっちゃんにガマンさせて、どうして私が平気でいられると思うのよ」

　号泣するカノン、ふと見るとその隣の「緑」もぼろぼろと泣いている。不意に決断したみたいに「緑」が後ずさり、極楽鳥のような羽根を揺らしながら平伏《ひれふ》した。

「斉藤さん、本当にごめんなさい。皆さんも。こんな娘で、ワガママな娘で……ご迷惑をおかけして、本当に申し訳ありません」

「え、お、お義母《かあ》さん⁉　お義母さんですか」

斉藤が慌てた声で言う。

あぜんとする一同。静かに笑い、和服姿の桜子がカノンに向き直り声をかけた。

「ねえカノンさん。夫婦には色んな形があるんじゃないかしら。わたくしも子供ができなかったの。だけど、夫と二人の生活は幸せでしたよ。ないものを嘆くより、あるものを大切に思う気持ちが、人生を実り多いものにしてくれるのではないかしら」

仁がスパークリングワインの栓を抜いた。ポンッと軽快な音がして、ピンク色の泡が勢いよく噴き出す。グラスに注ぐと、きれいなロゼだった。

「フゥーッ、ピンクシャーンドンッ‼」

メイクを落としたアミーガたちが声を合わせて叫ぶ。

仁が皿の上の真珠を一粒ずつピンセットでつまみ、各自のグラスに、ぽちょん、ぽちゃんと入れていく。

「えっ、真珠？　まさか仁さん、本物ですか？」

「飴で作った」

「へええー」

ピンク色のシャンパンの中に、白い小さな飴細工の真珠が、ころんと沈み、こぽぽぽと繊細な泡が立つ。

「これをあのおっさんにも持たせたのね？　やるじゃなーい、さすが仁君」

「いやあああん、ロマンチックぅ。乙女心にビンビンくるわー」

アミーガたちの賛辞に仁は苦笑している。

斉藤を叱りつけた翌日、頭ポンポンの余韻に混乱しつつも、澄香はカノンの自宅に直談判に出かけた。ワガママな花嫁を縄で縛り上げてでも、船に放り込むつもりで訪ねたのだ。

カノンは頭が痛いと言っているからと渋る母親をせき立て、カノンの自室の扉を開けた澄香が見たものは、予想外の光景だった。

憔悴《しょうすい》しきったカノンは手首から血を流し、床に倒れていたのだ。

がたがたと震えているカノンの母親と二人で泡を食いながら、どうにか救急車を呼ぶ。すっかり慌ててしまい、電話の指示で、ようやく止血に思い当たる有様《ありさま》だ。

母親も真相を知らなかった。

ただカノンのワガママが過ぎたために、斉藤の方から婚約を破棄されたとだけ聞かされていたそうだ。

幸いカノンの傷は浅く、一計を案じた澄香は仁や桜子に相談のうえ、アミーガたちを巻き込んで一芝居打ってもらったわけである（もっとも、アミーガたちのは芝居というより普段通りのようだが)。

「飲み物に合わせて、どうぞ」

仁が運んできたのは、人数分の瑠璃《るり》色の皿だ。ボート型のシュー生地にサーモンとホタテで作った紅白のミニバラ、その上に宝石のようなイクラが散らしてある。

「まあ、結婚式らしいこと」

桜子の言葉に、仁がうなずく。

「本当はそれを出すつもりだったんだけど、カノンさんのちらし寿司がありましたから」

「ヤダー。危うく仁ちゃんのお料理を食べ損ねるとこだったじゃないの」

まったくなのだが、あのちらし寿司はカノンが最後に斉藤に食べさせたいと願ったものだ。

「決別の手料理ですってさ。ああ、傷心のわたし。スイーツ(笑)って感じよね」

マルルリアンが小馬鹿にしたように言う。

「ホント、ホント。自分のいない自分の結婚式を覗き見しようなんて、いかにも悲劇のヒロインぶりぶりよねえ。ホントに、スイーツ脳なんだから。その点、アンタはまだマシだわ、山田。なかなか腹黒い策士ぶり、ジージェエよ。褒めてつかわしましょう」

「いや、律子さん。それって本当に褒めてます?」

あんまり嬉しくないのは何故だと思いつつ、料理をいただく。

ふわりとしながらもしっかりしたシューに、ぽってりしたサーモン、ジューシーなホタテ。ぷちぷち弾けるイクラに、柚子《ゆず》の香るソース。味に深みを与えているのは、隠し味の実山椒《みざんしょう》の醬油煮だった。

「はああ、何これー、おいぴいいっ」

アミーガたちが盛り上がり、山賊の宴の様相を呈し始めている。

澄香は小声で訊いてみた。

「あの、オーナー。さっきカノンさんにおっしゃったのは……？」

方便とはいえ、桜子が嘘《うそ》をつくとは思えなかったのだ。

「ああ、子供のことかしら？　ええ、本当なのよ」

「でも、ご主人が仁さんのおじいさんだと」

「それも本当。仁さんと夫は血が繫《つな》がっているけど、わたくしは違うの」

「あ……あの、ごめんなさい。立ち入ったことを」

恐縮する澄香に、桜子は鷹揚《おうよう》に首を振る。

「まあ、とんでもない。いいのよ、皆さんご存じですから」

傍らで老先生が、にこにこしながらうなずいた。

洗い物をしながら澄香は、瑠璃色の皿を照明にかざす。

「まるでシューの船が空に浮かんでるみたいでしたね」

グラスを拭いていた仁が、ふっと手を止め、笑った。

「結婚は船出だって、ある人が言ってた」

驚いて見ると、仁は懐かしいような、苦いような、何とも言えない顔をしてどこか遠くを見ているようだった。

まるでここにいない恋人を思いだしているようではないかと思い、澄香は狼狽《ろうばい》した。見たくないものを見てしまった気がする。

い、いや待て。女とは限らないではないか。内心で慌てて否定する。結婚を船出にたとえるのは自分の専売特許だと思っていたが、考えてみれば、誰かの結婚式でどこかのおじさんが言っていたとしても不思議はない。

「ロマンティックですね。どなたが？」

ちょっと声が震えたが、仁は首を振った。

「昔の話だ」

腕を伸ばしてグラスを棚に置くと、声の調子を変えて言う。

「あの二人がこの先どうなるのか分からないけど、それは本人たちの問題だ。とにかく良かったな」

そこまで言うと、仁は横を向き、こほんと咳をした。

「山田のおかげだ。ありがとう」

危うく皿を取り落としそうになった。なんだこのイケメン。突然のデレは心臓に悪い。

「いやいやそんな滅相《めっそう》もない。何をおっしゃる旦那。もったいないっす」

あまりの破壊力に、イケメンに対しては常に女子力の高い振る舞いを心がけるべしという自己流の規則もきれいさっぱり忘れ、澄香は時代劇の町人みたいにぺこぺこと頭を下げた。

水無月《みなづき》、かわたれ時。軒を叩く雨の音を聞きながら、バッタみたいに頭を下げている澄香の肩の辺りで、壁に掛けた花入れのシャクヤクが、華やかに香っている。

文月《ふみづき》

米寿祝いの牡丹鱧《ぼたんはも》

鱧《はも》という魚を澄香は初めて見た。長い。トロ箱に折りかえす形で収まっている。ぬるり、つるりとした感じは、穴子《あなご》に似ているが、胴体は太く、面がまえが凶悪だ。ガッと大きく裂けた口に、のこぎりのようなギザギザの鋭い歯が並んでいる。

「気を付けろよ。噛みつかれると大ケガするから」

仁に脅され、遠巻きに眺める。

「おりおり堂」の奥に残る古い厨《くりや》だ。タイルが貼られた流し台。土間には昔のかまどが残され、いつ見てもきれいに掃き清められていた。あかり取りのための窓があるが、今朝はあいにくの雨模様で暗い。古ぼけた裸電球が幾重《いくえ》にも影を投げかけているのを見ていると、もう夕方に近い気がして時間の感覚を失いそうになる。

雨を含み湿った風が抜ける。ここは外より少しひんやりしているのが常だ。トタンのひさしを雨が叩く、ぱちぱち弾けるような音が聞こえる。仁と二人、自宅のキッチンに並んでいるような錯覚におそわれ、ちょっと面はゆい。

仁は、広いスペースが必要な料理の下ごしらえをここですることが多かった。今日もそうである。目打ちという道具でまな板に鱧の頭部を固定し、ゴムチューブみたいな身を一気に捌くのだ。あいかわらずの流れるような手さばきで、内臓や骨を取りだし、ヒレを外していく。あっという間に、白くきれいな身が現れた。

「鱧は小骨が多いから、骨切りをするんだ」

そう言うと仁は、骨切り専用の、刃渡りの長い包丁に持ちかえ、ざくざくとリズミカルに刻んでいく。

えーと、骨切りとは？　澄香の初心者きわまりない質問に、仁は驚いたように目を見開き、切り口を見せながら丁寧に教えてくれる。皮一枚残して、ぎりぎりのところまで包丁を入れることだそうだ。

仁は、「無理ないか」とひとりごとのように言った。

「関東ではあまり見ないもんな」

「関西でよく食べるものなんでしょうか？」

「うん。京都と大阪、神戸で八割近く消費されるそうだ」

「へええ」

イケメン料理人が、ふと手を止める。

「七月になると、京都では祇園《ぎおん》祭、大阪には天神祭があって、どちらも鱧がつきものなんだ」

え、何見てるの？　澄香はドキッとした。仁のまなざしが、黒く燻《いぶ》された木の壁を通り越して、はるか遠くに向けられているような気がしたからだ。

「あぁ、祇園祭。素敵ですよねぇ、あれ」

テレビでしか見たことがないくせに、嬉しげな声で相づちを打ちながら、澄香は強い違和感を覚えていた。

超絶イケメンの語る関西情報。関西といえば、でんがなまんがな言っているイメージが強いのだが、それとこの寡黙なイケメン男がどうしても結びつかなかったのだ。

「それにしても早いですよね。もう七月だなんて」

澄香は、いつものように仁の運転する車の後部席で積み荷を押さえながら、つぶやいた。

天候は梅雨のままだが、七月の声を聞けば、いやが上にも心は夏へと近づく。

「今年ももう半分、過ぎちゃったんですもんねぇ」

毎年、この時期に言うべき時候の挨拶（？）が、ぽろっと口をついて出てきた。

お。しまった。ちょっとおっさんくさかったか……。いや、おばさんか。

澄香だって〝若い〟OLの頃にはこんなことを言わなかった気がする。だが、年齢と共にこんな風な潤滑剤《じゅんかつざい》みたいな言葉が口をついて出るようになるのだ。

平日の午前中、高速道路は順調だ。細かい雨に煙る高層ビルの群れが、後ろに流れていく。同じ言葉でも、空調のきいたオフィスで毎年同じような仕事をしながら言うのとは、まるで重みが違うなと澄香は思った。みっしりとした実感がともなっているのだ。

「おりおり堂」へ来て、三ヶ月。春から梅雨へ。澄香はこれほど強烈に季節を感じながら過ごしたことはない。旬《しゅん》の食べ物と歳時記。ここでは、季節の移ろいが色鮮やかに立ちあがり、迫ってくるようだ。


七月二日。

本日の出張料亭は昼。郊外のお宅でおこなわれる、誕生パーティーだった。目指すお宅は高級住宅地といわれる場所にある。高台に位置する美しい街で、道路幅はゆったりと広く、緑が多い。一軒一軒をよく見ると、昭和の時代に流行したデザインの建築も多く、老朽化した建物と、建て替えたばかりらしい真新しい住宅が混在しているのが分かる。

今日の舞台となる神崎《かんざき》さん宅は、古い方の家だ。既に下見を兼ねた打ち合わせで一度、お邪魔している。

何度か修繕をしたそうだが、随所に古い建材が顔を覗かせている。内部はキッチンからダイニングへと直接つながる、高度成長期に多く作られた構造だ。

使い込んだ家具に、デザインがまちまちな電化製品が並ぶ。鍋やポット、調理器具。食器棚の皿や茶碗。棚の隙間には、きちんと畳まれたデパートなどの紙袋が詰め込まれている。

優しい人のぬくもりと匂いを感じる。つつましくも誠実な人柄のご夫妻かと思われた。

約束の十時、現地に到着。この家の主である神崎夫妻が迎えてくれた。八十八歳の夫、八十五歳の妻。かなり高齢ではあるが、それぞれ矍鑠《かくしゃく》としておられる。この家で二人暮らしだ。

今日は、ご主人、神崎又造《またぞう》氏の米寿《べいじゅ》祝いのパーティーと聞いている。

奥さんの久子《ひさこ》さんが、何かお手伝いを、と畳んだエプロンを持ち出してきた。

「どうぞ座ってらして下さい。何かありましたらお訊ねしますから」

仁は背中越しにそう言い、持参の包丁類をシンクに並べている。

「でも、何だか落ち着きませんよ。こんな風に何もかもしていただくのは」

しぼんだ果実のような顔で、久子夫人がそう言った。

「じゃあ、お借りするうつわの用意をお願いできますか？　私もお手伝いしますから」

澄香の言葉に、彼女の顔がぱっと華やぐ。

今日は彼らの他に、娘一家がやってくる予定だ。ダイニングでは狭いので、客間の和室を使うことになっていた。仁の手を借りて、床の間と仏壇を背にする形で、座卓を並べる。八十八歳の又造氏が、痩せた体軀《たいく》で杖をつきながら、押し入れの上段に手を伸ばし、座布団を取りだそうとしていた。

「お持ちします」

仁が長い手を伸ばし、まとめて座布団を持ち上げる。

「や。すみませんな。昔はこんなもん、ヒョイと持てたんだが、年を取るとどうもあちこちガタがきていかん」

「今日は私どもにお任せ下さい」

仁が言う。

あまりの頼もしさに、老人までもが惚《ほ》れてしまうのではないかと思われた。

あらかた力仕事を終えると、仁は澄香に「頼む」と言い残し、料理に入る。澄香は台ふきんで座卓を拭き、夫人が庭から切ってきた花を活けるのを手伝い、食器のセッティングにと、立ったり座ったり、くるくる働く。

仁は料理を供する「場」を整えるのも、自分たちの仕事であるという哲学の持ち主なのだ。

料理の下準備がすべて整う頃、手に手にお祝いの花束や菓子、ワインなどを携えた娘一家がやってきた。蒸し暑い外気と若いエネルギーがどっと押し寄せてくる。

娘夫妻とその息子夫婦、三歳と一歳のひ孫の総計六人だ。

本日のパーティーの年齢構成は八十八、八十五、五十八、五十八、三十一、二十九、三、一ということになっている。現役世代を含む親戚が集まるのに平日の設定は珍しいが、孫にあたる男性が水曜定休の仕事らしく、自営で時間の融通がきく娘夫妻が合わせる形になることが多いのだという。

「どうぞ、橘さんたちも、乾杯に参加して下さいよ」

娘夫妻に促され、澄香も少しだけシャンパンのお相伴にあずかる。仁は、授乳中でお酒を飲めない孫嫁のためにと用意されたノンアルコールのスパークリングワインをグラスについでもらっていた。

「おめでとうございます」

こうして見ると、面白いなあ……。

にこにこと乾杯しながら、澄香は感心している。居並ぶ人々の血縁関係が明白なのだ。

老夫婦から繋がる人たちは、みな小柄で、顔立ちもどこか共通点があった。三歳のひ孫はおとなしい女の子で、今日のパーティーのために薄いピンク色のふりふりドレスを着せてもらっているのだが、顔立ちは曽祖父の又造氏そっくり。そのままミニチュア化したようだ。

ちなみに、又造氏はちょっとぬらりひょんに似ているのだが、これはご愛嬌《あいきょう》か。

本日のメニューは、和洋会席のコースである。「出張料亭・おりおり堂」ではダントツ一位の人気で、口コミによる依頼者は大抵これを選ぶ。旬の食材を使って作る懐石料理と、創作フレンチが両方食べられるのが人気の理由だ。

仁は毎回、事前の打ち合わせに、かなりの時間をさく。まずは予算。参加人数。好き嫌い、アレルギーの確認。年齢構成。アルコールを出すかどうか。特別なリクエストの有無、和洋食の好み、希望の食材。詳細にメモを取り、それによって、メニューを組み立てていくのだ。

今回の打ち合わせは先月、夫人と、主催者である娘を交えておこなわれた。主役の又造氏は床屋に出かけていた。毎月、行く日が決まっているそうで、彼が確実に不在になる日を狙って打ち合わせに呼ばれたかっこうだった。

その日の打ち合わせでは、ちょっと印象的なやりとりがあった。

「又造さんのお好きな食べ物は何ですか？」

仁の問いに、母娘はよく似た顔を見合わせた。

「何だろう？　お父さんの好きなものってあんまり聞いたことがないような気がするけ

ど」

娘の政恵《まさえ》さんが言う。彼女は夫の建築設計事務所を手伝っているそうで、五十八歳とはいえ、まだまだ十分若々しい印象だ。

「そうですねえ……。お父さんと連れ添って六十年になるけど、おいしいともまずいとも言わずに、黙って出されたものを食べてるような人で」

久子夫人は申し訳なさそうな顔で、頭を下げた。

「ご出身はどちらでしょうか」

仁の質問に、彼女はすぐには答えなかった。少し間があり、含んだような声が出てきた。

「京都です」

えっと声をあげたのは、娘の方だ。

「京都？　何、それ。私、初めて聞いたわよ。お母さん、それ本当なの？」

久子夫人が、小さくうなずく。

「ええー？　なんで私知らないの？　……そういえば、お父さんの親戚ってほとんど会ったことないわよね。私、前から不思議に思ってたんだわ」

「詳しいことは私も知らないのよ。お父さん、京都時代の話はしたがらないから」

政恵は、あっと手を叩いた。

「そういえば、前に京都旅行に行こうって話が出た時！　お父さんが何だかんだと難癖つ

いる。

「ああ、そんなこともあったかしらね」

よほど衝撃的だったようで、政恵は、ええっ？　でもなんで、などと一人で繰り返して

けて、結局、中止になったのよね」

「まあ、いいじゃないの。こっちでお母さんと知り合って結婚して、六十年も経つんだも

の。もうこっちの人よ」

夫人は話を無理やり切り上げてしまったが、政恵の案内による駐車場の下見を澄香に任

せ、残った仁はもう少し詳しい話を聞いていたようだった。

雲丹《うに》と鮑《あわび》のゼリー寄せ、生蛸《なまだこ》のカルパッチョを美しく盛り合わせた前菜。続いて、じゅ

んさいと鱧の吸い物椀。骨切りした鱧に丁寧に葛《くず》を打ち、湯にくぐらせると身がそり返り、

花が開いたようになる。丸くころんとしたフォルムに、細かい包丁目が立ち、牡丹の花の

ように見えることから、牡丹鱧と呼ぶのだそうだ。仁の仕事は丁寧だ。これを一旦氷水に

取り、さらに蒸して椀に盛る。黒い塗りのお椀に、白い牡丹が二輪。梅肉を酒や醬油、味《み》

醂《りん》でのばしたソースを落とせば、ぽっちりと紅をさしたようになる。その上に鰹と昆布で

取った吸い地をはって、青柚子の皮を置くのだ。

鱧が初めての澄香のために、仁が少しだけ味見させてくれた。上品な薄味の吸い地に、

鱧。さわやかに香る青柚子。あつあつの葛に包まれた鱧が舌の上に転がる。

うむ、これは……。澄香は神崎家の流し台の前にある窓の、少しくたびれたレースのカーテンを見ながら、鱧の身を嚙みしめた。

見た目よりかなり弾力がある。白身なのに、決して淡泊ではない。何とも濃厚な味わいなのだ。

そう言うと、仁がうなずいた。

「脂がのってるからだ」

なるほど。これが脂がのるということか。言葉の表現として知ってはいたが、リアルな食感として意識しながら味わうのは初めてだった。

神崎家でも、鱧を食べるのは初めてという人が多く、「へえ」とか「きれいねえ」などに続いて、「まあ上品なお味」「おいしい」などと感嘆の声が次々に上がる。

本日の主役である又造氏は、上座の座椅子に座っていた。朝の普段着から着替えたきまじめなネクタイスーツ姿で、お椀のふたを開けたまま、彼はじっと中を見ている。

「あれ。お義父さん、召し上がらないんですか？」

政恵の夫に声をかけられ、又造氏は我に返ったようだった。お椀を持ち上げ、吸い地を一口すると、卓上にお椀を戻し、目をつぶってしまった。

「いやあ、絶品ですよ、この鱧。僕は以前に出張で行った京都で食べたことがあるけど、こっちの方が数段うまい。さすが橘さんですな」

政恵の夫はこの一家にあって唯一大柄で、地声もまた大きく、はっきりした口調でしゃべる。娘一家が来る前、今日は補聴器の調子も万全だと言っていた又造氏に聞こえないはずはなかった。

もしかして、お気に召さなかったのかな……？

心配になり、澄香はさりげなく様子を窺っている。

「うまいなぁ……。ああ、上品なおだしや」

突然、又造氏の口をついて出てきた関西のイントネーションに、一瞬、みなが動きを止めた。

「ああ、これや。この味やった」

しみじみとうなずき、又造氏は何度か奥歯を嚙み合わせるような口の動きを見せている。

「え、じいちゃん、なんで関西弁しゃべってるの？」

孫の男性が驚き半分、面白さ半分といった顔で訊く。

「俺、初めて聞いたんだけど」

孫夫婦と政恵の夫は、とまどったように顔を見合わせた。

「昔、まだじいちゃんが若い頃、京都でこれと同じものを食べたんや。ああ、おんなじや。懐かしなあ……」

又造氏がつぶやく。

「あ。なんだ、そうなんだ。良かったじゃない。俺の分もどうぞって言いたいトコだけど、もう全部食べちゃったよ」

ひょうひょうとした口調で孫が言い、ほっと空気が緩んだ瞬間。その顔がぐにゃりとゆがみ、老人はぐっと喉《のど》を鳴らした。

「え……」

みなが息をのむなか、又造氏は震える指で鱧の椀と箸を持ち上げた。なめらかさを失った不器用な箸使いで、口に運んだ白牡丹のような鱧を、目をつぶり嚙みしめている。

やがて、彼の口から、こらえきれないような嗚咽《おえつ》が漏れだした。


鮪《まぐろ》の赤身、鯛、帆立の貝柱のお造り三種盛り。赤パプリカ、とうもろこし、ズッキーニなどをカラフルかつポップに取り合わせたラタトゥユ風の炊き合わせ。スズキの奉書《ほうしょ》焼きと続く。次いで用意されていたのは、まさか、まさかの餃子《ぎょうざ》だった。若い孫夫婦のためにと、久子夫人の要請で用意したものだ。彼らの大好物らしい。といっても、中華のレシピそのままでは全体のバランスが悪いし、高齢者や授乳中の奥さんにも気づかわなければならない。

そこで我らが天才料理人、橘仁が作りあげたのは、かなり和食寄りの餃子だった。豚のヒレ肉を細かく叩き、ネギや大葉、生姜に干し椎茸《しいたけ》、干し貝柱を戻したものをそれぞれみじんに刻んだものと合わせ、醤油、酒、胡麻油《ごまあぶら》などで下味をつけ、水餃子風に仕上げてある。澄香も味見をさせてもらったが、つるんとした食感の中に肉の味がきちんと残っており、椎茸と貝柱が両脇から味わいを補完している。香味野菜のアシストも絶妙のバランスで、なるほど創作和食といっても通りそうだ。黒酢のたれは、澄香がお味見をしたもの。まろやかな黒酢の酸味と醤油の相性がばっちりだ。

「山田澄香、自信を持ってお勧めします」

小皿を返しながら言うと、仁さんは少し苦笑し、「そうか」とうなずく。

よっしゃ。これぞまさしく、信頼のあかし。ひそかにガッツポーズなどする。

さらに、餃子のたれにはおまけがあった。昨夜、出張先から戻ったあと、仁は夜中までかかってオリジナルのラー油を作っていた。これがまた絶品なのだ。

唐辛子をたくさん使っているため、胡麻油ベースの油はまっ赤だ。見るからに辛そうだし、もちろん辛くはあるのだが、実際に口に入れてみると、さほどではない。むしろ香ばしさと不思議なまろやかさが前面に出てくるのだ。お好みでお使い下さいと別容器に入れて出したのだが、誰かが絶賛したのを皮切りに、あっという間になくなってしまい、余りがあるなら譲ってほしいと政恵たちから懇願されたほどの人気ぶりだった。

あっさり和風の餃子だ。出産前には餃子の食べ歩きが趣味だったという孫夫婦には少々物足りないのではないかとも思ったが、杞憂だったようだ。当初、自分たちのために用意されたものだと聞いて恐縮していた二人だが、「何これ、うっま」「わーおいしい。ちょっとこれ、どうやって作るんだろう」と大騒ぎして喜んでいる。奥さんは授乳のために刺激物を控えなければならず、ラー油がうらやましそうだ。

かくして、仁さん特製和風水餃子は八十代の老夫婦から三歳の優奈《ゆうな》ちゃんにまで大好評だった。これほど年齢に開きがある会合の場合、全員を満足させるメニューというのはなかなか難しい。嗜好も違うし、双方に気をつかうあまり、若い層には物足りなく、高齢者には重たく感じられるような、どっちつかずのものになるおそれもある。主役の又造氏がかなりの高齢ということで、仁は老夫婦の皿には丁寧な隠し包丁を入れ、さらに小さくして口に運びやすいよう工夫をしていた。量にも配慮がある。高齢の人を基準に全体に少なめにしておき、希望者には追加分をサーブする形だ。食材や調理方法も、なるべく胃に負担にならないものを選び、全体に薄味、油控えめを心がけ、ラー油や別添えのソースなどで調整できるようにしてある。仁の心配りはかくのごとく、すみずみまで行き届いているのである。

とはいえ、幼い子供にも同じものを出している。はたして、三歳の子に、出汁や素材のうまみが分かるのかという懸念があった。子供用に別メニューを用意するようなケースもあるのだが、今回は子供の両親にあたる孫夫婦の希望で、大人と同じものだ。子供のうちから、本物の味を経験させてやりたいというのが、その理由だった。

澄香の心配をよそに、三歳の優奈ちゃんはどれもこれもおいしそうに食べている。時々、「おかあさん、これなあに？」「おさかなさんはね、海のおうちにいるんだよー」などと母や弟に話しかけたりしながら、取り分けてもらったものを、ほちほち上手に食べるのだ。給仕ついでに「優奈ちゃん、おいしいですか？」と澄香が訊ねると、「とってもおいしいです！」と、可愛い声でお返事が返ってきた。みな、その姿をにこにこしながら見守っている。

澄香は特に子供好きでもなかったが、きちんとしつけられ、おいしくごはんを食べる優奈ちゃんには好感が持てた。孫の太津朗《たつろう》さんは澄香より一つ下だ。この夫婦は、澄香とあまり年齢の変わらない人たちということになる。

ちょっと、うらやましいかも……。忙しく立ち働きながら、澄香はちらっと思った。

奥さんは、下の子の離乳食にも、仁さんのお料理の中から、大丈夫そうなものを選んで食べさせている。

「ほーら、ナオくん。おいしいねえ」

そう言いながら、小さな口にスプーンを運ぶと、こんな小さな乳児もまた仁さんのお料理に夢中で食いついているのだ。

「あとちょっとで、ナオくんもおっぱい卒業だねえ」

奥さんは、ナオくんに優しく語りかけ、離乳食を与えながら、小声で呪文のように付け加えた。

「あとちょっと。あとちょっとでビール解禁、ラー油復活。お母さん、パワーアップ」

「ぱわーあっぷ」

隣で聞いていた優奈ちゃんが繰り返す。おしゃれで優しそうなお父さんは、それを聞いて、飲みかけたビールを噴いていた。

幸せを絵に描いたみたいだなと澄香は思う。太津朗さん一家だけではない。彼らも含め、四世代みんなが幸福そうだ。みんな仲良しで、互いを思いやっているのが見てとれる。元は、又造さん夫妻が二人で漕《こ》ぎ出《だ》した船だ。それが、きちんと世代を繋いで、ここまで続き、おそらくこれから先へも続いていくのだろう。

それにひきかえウチは……。

思わず引き比べて考えてしまう。もし、このまま澄香が結婚できなければ、姉の布智もおそらく結婚しないだろうし、山田家はかなりの高確率で途絶してしまうことになる。別に後世まで繋いで行かねばならぬほどの家ではないし、継ぐべき財産もない。旧家の出である友人などとは違い、婿《むこ》を取れと言われた覚えもなければ、親戚から砲弾のように縁談が持ち込まれてくるわけでもなかった。

そもそも、澄香の両親自体、今の状況をいっこうに深刻に受け止めている風がないのである。

「まあ、いいんじゃないの。あんたたちの好きにしなさいよ」

母は言うのだ。

「いい人がいれば結婚すればいいし、したくなかったら無理してすることもないよ」

もちろん、「枝里子《えりこ》さんがそんなでどうするの。あなたが無理にでも結婚させないと、お宅の姉妹は二人してオールドミス（死語）よ」などとうるさく言ってくる親戚もいる。それでも母は「本当にそうですわねえ」などと笑い、のらりくらりとかわすばかりだった。

結婚しない男女の多い世の中だ。きっと、もう、こんな家も珍しくはないのだろう。澄香にしたって、家や血を絶やしてはいけないなんて、大げさなことは思わない。だが、こんな四世代の家族を見ると、単純にうらやましく思えるのもまた事実だった。

子育てをするイケメンというのも無理があるかな、などと下の子を抱き上げ、別室におむつ替えに向かう太津朗さんに道を譲りながら、その姿を隣のイケメンに置き換えてみる。

仁のボディはムキムキマッチョというわけではないが、きちんと筋肉のついた均整の取れた肉体だ。いや、悪くないなと澄香は思った。

逞《たくま》しい腕に嬰児《みどりご》。肩車も悪くない。小さな子供を肩車。夕焼けに向かって、歩いていく一家三人。ああ、いいな、それ。すごくいい。このイケメンはストイックな料理人だ。自分にも他人にも厳しいのはたしかだが、それは一本筋が通っているということでもある。

それに、私。仁さんが本当はとても優しい人だって知ってるもん！　へへへ、案外いいお父さんになるのかなぁ。

などと夢想をたくましくするあまり、顔面にまでよろしからぬものが及んでいたようだ。

「山田っ。仕事中だぞ。にやにやするな」

「あ。はいっ、すみません」

怒られてしまった。

太津朗さん夫妻はぐずる下の子と、眠ってしまった優奈ちゃんを抱いて、「また来るね」と手を振りながら、車に乗り込み帰って行った。

後片付けを終え、お借りしたキッチンをぴかぴかに磨き上げると、仕事は終わりだ。客間の最終チェックに行くと、座卓や座布団などを片付けた部屋で、又造氏が一人、座椅子に座り、じっと目を閉じていた。

鱧を食べ終えてからしばらくは表情が硬く、少し近寄りがたい雰囲気だったものの、座がほぐれるにつれ、笑顔も出て、終始ご機嫌な様子だった。ご高齢でもあるし、今日は酒を飲むピッチも上がり、久子夫人にたしなめられるほどだったのだ。きっと疲れて眠っておられるのだろう。澄香はそっと足音を忍ばせて、部屋を出た。

「本日はご依頼をいただき、ありがとうございました」

仁の低い声を聞きながら、少し後ろで頭を下げる。

「こちらこそ本当にありがとうございます」

「おいしかったわあ、ごちそうさま」

「ホント、お願いして良かったー」

口々にねぎらいの言葉を述べながら、久子夫人と政恵さんはお茶を淹れ、もてなしてくれた。仁はアウェーだと言ったが、こうしてもてなす側からもてなされる側へ、主客が入れ替わる瞬間も、出張料亭の醍醐味の一つだと思う。

「昔は記念日というと、みんなでおいしいお店に出かけたりもしたんですけどね。年を取りますと、外食というのも億劫《おっくう》で。こうして料理人さんに来ていただけると、本当にありがたいです」

「うちはチビさんたちもいるからなおさらありがたいわ。何てったって気楽だしね」

嚙みしめるようにしゃべる久子夫人の言葉に早口の政恵さんが応じた。

「お父さんも喜んでたよね。いきなり関西弁が出たのにはびっくりしたけど」

「私も何十年ぶりかに聞いたわ。昔、こっちに来た頃は、隠そうとしても、どうしても関西のなまりが出てきてたんだけどね」

久子夫人は懐かしそうな顔をした。アルコールが少し入り、上気した彼女の顔は、今朝見た時より、ずっときれいだ。表情に生気がみなぎっているように見える。やはり、子供や孫たちに囲まれて、元気をもらうというのは本当なんだなと澄香は考えている。

「でも、橘さん。よく鱧が父の好物だって分かりましたね」

政恵の質問に仁は首を振った。

「分かっていたわけでは。ただ、京都の生まれと伺ったので、もしかして召し上がったことがおありなのではと」

そういえば、祇園祭には鱧がつきものだと朝、仁に聞いたところだ。

「さすがねえ」

母娘は感心しきりだ。

「けど、鱧を捌くには相当な修練が必要だと聞いたよ。東京の板前にはなかなかできないとか。ということは、橘さん、向こうで修業されてたの？」

政恵の夫の問いに、仁は事もなげにうなずいた。

「はい、そうです」

澄香は思わず紅茶を噴きだしそうになった。

なっ……。向こうってどこよ。まさか京都⁉　仁さん、京都の人だったの？　何かすっごく意外なんですけど――。

だって、又造さんじゃないけど、仁さんの関西弁なんて一度も聞いたことがない。それに京都といえば、例のアレではないか。「ぶぶ漬けでも、どうどすかぁ」的な腹黒い言葉をこの寡黙なイケメンが弄するのであろうか。確かに和食の修業をするなら、京都っていう選択もアリなのか。なんたって京料理の本場だ。いや、それにしたってこのイケメン無双の「軆どすぇ」とか。ありえなさすぎて笑える。

澄香は内心、ひどく混乱した。

玄関先まで、久子夫人、政恵夫妻の三人が見送りに来てくれている。

「ごめんなさい。肝心のお父さんが出てこなくって。何ですか、照れくさいみたいで。失礼してすみません」

申し訳なさそうな夫人の言葉に、仁は「いいえ」と首を振った。

「どうぞ、よろしくお伝え下さい」

挨拶をして、臨時に借りてもらった近所の家のガレージまで器材を持って歩く。結構な荷物だ。こういう機会が多いので、澄香はこの三ヶ月で腕の筋肉がかなりついていた。下手に筋トレをするより、よほど効果がありそうだ。

「うわあ、暑いですね」

「ああ」

エアコンの快適な室温に慣れた身体から、どっと汗が噴きだした。

時刻は四時を回ったところで、黒く厚い雲が流れている。雲が途切れると、一瞬、ぎらぎらと強い陽ざしが照りつけた。雲間からのぞく太陽は既に夏の色をしている。地上はとんでもなく湿度が高く、むっとした熱気が身体中にまとわりつくようで不快この上なかった。

「ひいいぃ、車の中も暑いぃぃ」

まるで蒸し風呂だ。

騒がしい澄香とは違い、仁は無言で車のドアを開けている。

後部席に器材を積んでいると、砂利《じゃり》を踏み、近づいて来る人の気配があった。顔を上げると、又造氏だ。澄香が驚いて頭を下げると、老人は立ち止まり、会釈した。

「仁さん、神崎様です」

澄香の呼びかけに、仁が車内につっこんでいた顔を上げる。

「少し話をさせてもろうて、よろしいですかな？」

「ええ、もちろんです」

老人はゆっくり上体を傾けた。

「昔、京都のさる料亭で、今日と同じ鱧のお椀を食べたことがありました。超一流と言われるお店でな、そこの暖簾《のれん》をくぐれるのは成功者だけやなんて言われてた」

へえ、と澄香は聞いている。

「ちょっとした事業で儲《もう》けて、世の中を自分の手で動かせるなんぞと、勘違いしたアホな若造の話ですわ」

彼は杖に縋《すが》って立ちながら、少し笑った。

「おかしなもんやな。何十年も前のことやのに、昨日のことのように思い出す。あの時の高揚した気持ちやとか、万能感言うんかな。まるで神サンにでもなったような気ぃがしてました。そして、ほれから……そのすぐあとにきたどん底と」

仁はまっすぐ立っていた。直立不動の姿勢で、彼の話を聞いている。

「いっぺん悪い方に転がり出したら、止められへんのやなぁ。追い詰められて、取り返しのつかんことをしでかして、向こうにおられへんようになりましてなぁ。追われるように東京へ逃げて来たんですわ」

又造氏の背後から、ゆるやかなカーブを描き、坂が続いている。はるかに街が見下ろせた。

「それから、こっちで今の女房と知《し》り合《お》うて、所帯を持って、もう六十年や」

又造氏はガレージそばに植えられたまだ青いミカンの木に目をやり、言った。

「僕はあれきり京都と縁切りしたつもりやった。向こうで暮らした日々はなかったもんやと思うて、裸一貫、無我夢中で今の暮らしを築きあげてきたんや」

どんよりした曇り空。蒸し暑い空気の中で、老人は続ける。

「せやのに、こんなにもはっきり覚えてるんやなぁ」

残念そうで切なげで、少し嬉しそうでもある。又造氏は仁を見上げた。

「橘さん、あんたの味はあそこの料亭とおんなじや。もしかして、あそこで修業しはったんやろか？」

あそこと言われても分からない。澄香は内心、首を傾げた。それとも、「京都といえば、あそこ」的なピンポイントの店があるのだろうか。

仁はと見ると、やはり直立不動のままだった。表情も変わらない。

「どうでしょう……」

低い声で彼が言う。やけに腹に力の入ったような声だなと、澄香はぼんやり思った。

「その店かもしれないし、違う店かもしれません」

又造氏は大きくうなずいた。小刻みに震える手でスーツのポケットを探り、ハンカチを取りだし、額の汗を拭う。そのハンカチをきちんとしまい終えると、彼は深々と頭を下げた。

「人生の最後に、ほんまにええもん食べさせてもらいました。ありがとう」

「こちらこそ、ありがとうございました」

仁が折り目正しく頭を下げる。

老人は砂利道を杖で慎重に探りながら、ゆっくりした足取りで帰って行った。

「仁さんて、京都の人だったんですか？」

帰り道。後部席から身を乗り出すようにして無邪気に訊ねる澄香に、仁は「いや」と首を振った。

「十八から十年ほど、修業に行ってただけだ」

「あー」

だけって。よく分からないが、結構すごいことなのではないのだろうか？

「やっぱり神崎様がおっしゃったように一流の料亭にいらしたんですか？」

仁は答えない。

何やら気まずい沈黙に、まずいことを言っただろうかと思う頃、彼は口を開いた。

「山田のキャリアは何年だ？」

派遣で任される仕事だ。そんな大したものではないと思うと、ちょっと答えに窮してしまう。

「えーと、前の仕事の、ってことですかね？」

「うん」

「キャリアってほどのものではないと思いますけど、仕事をしてたのは十年？　とかですかね」

あ、十年。仁さんと同じかとぼんやり思う。

一瞬同じですよねと言いかけたが、いやいや、惰性《だせい》で働いてきた派遣ＯＬ山田澄香、三十二歳の十年と、厳しい職人の世界で叩き上げた珠玉の十年を一緒くたにしてはならぬ、と思い直す。

「十年で何を学んだ？」

「え、特に何も……」

我がことながらひどい答えである。

「そうなのか？」

背中越しに驚いたように言われ、澄香は、うーんと考えこんでしまった。

「いや、そりゃまあ、それなりの事務処理とかはできるようになりましたけど。だからといって、会社以外でそれが何かの役に立つわけでもないし。仁さんみたいに、おいしいお料理で誰かを喜ばせるなんてこともできないですから」

しょせん派遣ＯＬなぞ、組織の歯車、しかも入れ替えのきく便利な歯車にすぎないのだ。

「料理で人を喜ばせるか……」

仁はつぶやくように言った。

「今日、初めて怖いと思ったよ」

「怖い？」

澄香は耳を疑った。

「それってどういうことですか？」

仁が言葉に詰まる気配があった。

「いや、今のナシだ。忘れてくれ」

仁らしくもない物言いに、澄香は驚く。

「あの。もしかして、又造さんの鱧のお話のことでしょうか」

彼は答えない。

坂の上の住宅地が遠ざかっていく。車の中で、澄香は又造氏の姿を思い返してみた。

又造氏にとって、鱧の料理は封印していた記憶の扉を開ける鍵だったのかもしれない。

「たしかに味や匂いの記憶って、何かの拍子に、やけにリアルに思い出すことがありますもんね」

いや、それだけではない。忘れてしまったはずの思い出が、その周辺にある関連の記憶まで全部まとめて、表面に浮かび上がってくるのだ。

又造氏が蓋をした記憶。それが何かは分からないが、奥さんを除いては家族でさえ、彼が京都出身であることを知らなかったのだ。彼にとっては、よほど思い出したくないことだったのだろう。それを、仁の料理が、白日《はくじつ》のもとに引っ張り出してしまったことになる。

「でも、こんなのレアケースですよね。京都のご出身だからって鱧をお出ししたら、それが地雷だったなんて」

「地雷……」

　仁が声を出した。

　澄香はうぐっと口をつぐんだ。フォローしているつもりで、相手の傷口を広げるようなことをうっかり口走ってしまうことが澄香にはあった。もちろん悪気はないのだが、この島国で社会生活を営む上で、吉《きち》と出ることはあまりない。子供の頃から何度も痛い目に遭っているのに、まだ時々これをやる。

「あ、いえ、そうじゃなくて……でも、ホラ。神崎様も結果的にはすごく喜んで下さってたじゃないですか」

　——って、さしてフォローにもなっておらぬではないか。何か挽回《ばんかい》するような気の利いた言葉を、と焦れども何も言葉は出て来なかった。

　車は高速の降り口を出た。高層ビルの建ち並ぶ一帯を過ぎ、昔ながらの佇まいが残る一角へとさしかかる。仁はさっきからずっと無言だ。

「あの、仁さん」

　澄香は思いきって、仁の後ろ姿に向かって声をかけた。

「今回はたまたま、神崎様の忘れたい方の記憶のドアを開けちゃいましたけど……逆に、仁さんのお料理で忘れてしまってた、いい思い出を取り戻すことだってあるんじゃないでしょうか」

やはり無言だ。

街路樹越しに「おりおり堂」の裏の塀が見えてくる。塀の上を、しっぽをぴんと立てた黒白の猫が歩いていた。楓だ。立ち止まり、こっちを見ているらしい楓に向かい、窓を開けて「かえでー」と手を振ると、楓はタシッと踵《きびす》を返し、どこかへ行ってしまった。

サイドブレーキを引くと、仁は前を向いたままで澄香に言う。

「山田。俺が怖いって言ったのは、味の方なんだ」

「はあ、味」

澄香は意味が分からず、シートベルトを外そうとしていた手を止めた。

「あの人に、同じ味だと見抜かれただろ」

「ああ、その京都の料亭とってことですか」

どうやら、自分はまったく見当違いの方面にフォローをしていたようだ。

思わず赤面しそうな澄香に、仁は少しだけ身体の向きを変え、しかし澄香を見ずに言う。

「俺は……。いや、俺も、京都の十年はなかったものだと思うようにしてきた」

「えっ、なんでですか？」

言ってから、「俺も」の意味に思い当たり、澄香は、はっとした。

「何もかも全部捨てて、ゼロから勝負するつもりだった。あの人と同じだ」

返事のしようがなく、澄香は黙ってうなずく。仁は、ふっと息を吐くと、シートベルトを外して言った。

「でも、ダメなんだよ。俺の料理の基本は全部あそこで学んだことだから。逃れられない。きっと、俺が料理人である限りついて回る」

彼の声は静かだ。淡々としている。だが、強い痛みを感じた。並みの痛みではない。押しつぶされそうに重く、苦しいものだ。

前に仁は、店を持たずに出張する理由について、自分の料理に自信が持てないからだというようなことを言っていた。まさか冗談だろうと思っていたが、もしかして、このことと関係があるのか。

いや、それだけではない。仁に味見を頼まれるたび、喜びながらもどこかに違和感を覚えているのも事実だった。

——京都で何かあったんですか？

訊きたい。訊かなければならない気がする。

でも……。澄香は躊躇《ちゅうちょ》した。

怖い。ここから先に踏み込むことは、果たして自分なんかに許されるのかという迷いがある。

いや、違う。違うなと首をふる。

澄香には、目の前の男が抱えるものを、正面から受け止めるだけの自信がなかったのだ。

「骨董・おりおり堂」では七月六日の午後から、七夕《たなばた》の準備に入る。

七夕といえば、七日の夜にやるものだとばかり思っていたが、本来は六日の夜から七日の深夜にかけておこなうものだそうだ。出入りの花屋から届いた立派な笹《ささ》に、折り紙で作った飾りや短冊《たんざく》を結んでいく。短冊の色は五色。歌の知識で知っていたが、じゃあその構成はと問われると答えられなかった。

正解は青、赤、黄、白、黒または紫だそうだ。

「骨董・おりおり堂」のオーナー桜子に教わりながら、色紙にはさみを入れて、色んな飾りを作っていく。これは思いのほか楽しい作業だった。あみ飾りや星の形を作る澄香の隣で、桜子は凝《こ》った切り紙細工を作っている。

仁は買い物に出かけた。

御菓子司玻璃屋から届いた天の川を模した練り切りをいただきながら、澄香は少しそわそわしている。何か起こりそうな予感めいたものがあるのだ。七夕のせいか。それとも、少しずつ夏の気配が濃くなる風のせいだろうか。

七夕の行事に参加するなんて、小学校の時以来だなと、澄香ははさみを使いながら考えている。もちろん、この季節になると、ショッピングモールなどで、笹飾りを見かけることはあった。大抵、短冊がわりの紙とペンが置いてあって、願い事を書いて吊すようになっている。

「あー七夕かぁ」などと深く考えずに近寄ると、エライ目に遭う。あの手のイベントはそもそも家族連れとカップルのためにあるものなのだ。

家族連れは、まあいいだろう。しかし、カップルが楽しげにいちゃいちゃしながら「いつまでも二人でいられますように」とか「カズちゃん（仮名）のお嫁さんになれますように（はあと）」などと恥ずかしげもなく書き散らかしている隣で、「ほう」などとつぶやきながら他人の願いごとを読んでいる山田澄香、三十二歳。ふと気がつけば、何、あの人？　ヤバい系？　などと、ひそひそ囁かれつつ退場。理不尽なもらい事故にでも遭った気分である。


歳時記の部屋に、凜とした墨の匂いが立つ。ぴんと背筋を伸ばし、机に向かった桜子が墨をすっている。

桜子によれば、本来は里芋の葉に降りた朝露を集めて墨をすり、短冊に書くことで書の上達を願うものらしい。

「元は、梶《かじ》の葉に歌を書いて、織女星《しょくじょせい》に手向《たむ》けたのですって」

「あー。だから、梶の葉なんですね」

ガラスの水盤に、変わった形の葉っぱが活けてあり、先ほど梶だと聞いていた。

「さあ、澄香さんもどうぞ」

短冊と筆を持たされ、澄香は軽く固まる。

「え、あー……。でも、何を？」

桜子の顔を見ると、小千谷縮《おぢやちぢみ》の涼しげな夏の装いで、彼女はにっこり笑った。

「あら、何でもいいのよ。本当は芸事《げいごと》の上達を願うものだそうだけど、今はあまりこだわらないんじゃないかしら」

「あー、そうですよね」

にこやかに相づちを打ったものの、困る。

百人単位で一斉に願い事を書いて、どさくさに紛れて吊しておくとかならともかく、この少人数では、匿名性《とくめい》ゼロだ。天（？）に願いが届く前に、周囲の人に知られてしまう。

清水の舞台から飛び降りたつもりで、仁さんのお嫁さんになれますように（はあと）とでも書いてみるかと思ったが、どう考えたって自爆テロだ。周囲の均衡まで壊してしまいそうなことをさすがに強行する気にはなれなかった。

澄香は、ふと筆を置いた。ついため息が出てしまう。

「澄香さん、最近元気がないようだけど、どうかなさったの？」

桜子に言われ、我に返った澄香は慌てて姿勢を正した。

「い、いえ。そんなことないです」

「そう？　ならいいけど……。もし、何か心配事があるのなら、話してみてね。わたくしにもできることがあるかもしれないわ」

「あ、ありがとうございます」

澄香は恐縮して頭を下げた。

桜子は仁の義理の祖母にあたる人だ。相談してみようかと一瞬思ったが、いや、やっぱりダメだと澄香は思い直した。

これは自分自身の問題だ。本気で仁と向き合う気があるのかどうか。

自分で考え、結論を出さなければならない。

澄香は気づいていた。

仁は確かに並外れたイケメンだし、真摯《しんし》な人柄も好もしい。だからといって決して完全無欠な二次元の王子様なのではないのだ。

そして、彼自身が何かしら鬱屈したものを抱えているらしいことも透けて見えてきている。そういう意味で自分たちはとても似ているのではないかという気がした。もちろん容姿や料理の才能のことではなく、足もとを縛っている何かの存在がという意味である。

もしかすると、彼もまた、何かとてつもなく、重い過去の記憶に苛《さいな》まれているのかもしれない。

ここにきて、澄香は状況が変わり始めていることを認めざるを得なかった。

恋愛ゲームのキャラなどではなく、一人の人間として仁と向き合う気があるのか、あるいは恋をする覚悟があるのか自分で決めるべき時がきたのだろうと思うのだ。

考えてみればこれほど近く接していながら、相手を架空の人間のように思い、やりとりを楽しむなんて失礼極まりないことだ。

恋愛に限ったことではない。

澄香は決して他人に踏み込まない。相手に踏み込ませることもないのだ。

魔法が解けてしまう。

澄香は苦い思いを感じていた。

最近の澄香は過剰な感嘆詞で自分を飾ることを忘れ、気がつくと、素のままの自分に戻っていることが多かった。

女子力の高い派遣社員として肩肘を張っていた頃に比べると、ずいぶん楽に過ごしている。

澄香の変化に対して、仁の態度は何も変わらなかったし、オーナーの桜子も眉をひそめたりしない。前と変わらず接してくれる。

緊張を忘れた澄香はテンションが低く、声も低い。

女性的な魅力など何もないも同然だ。

魔法が解けて現れる姿は、女のなりそこないみたいなみすぼらしいもの。

それが分かりながら、どうしてか以前のように明るく軽く振る舞えないのだ。

武装が解けてしまっているのではないか。

私はどうかしている――。その事実に澄香は焦りさえ感じていた。


長崎ビードロのちろりには、きんきんに冷やした日本酒が入っている。

「山田、あがったぞ」

カウンターから仁が呼ぶ。

「はーい」

カタカタと下駄の音をさせながらカウンターに向かうと、仁が驚いたような顔をした。

せっかく七夕なのだからと、桜子が自分の着物を澄香に着せ付けてくれたのだ。白絣《しろがすり》に茄子紺《なすこん》の帯、金赤色の帯締めが一条、鮮やかに浮かぶ。お太鼓部分に北斗七星の刺繍《ししゅう》が施された帯は、七夕にちなんだ桜子の遊び心だ。

「すまん。今日は仕事じゃなかったな」

「いいえっ。私は仁さんの忠実なしもべですから」

「しもべはやめろ」仁が笑いを含んだ声で言う。

澄香が着物を着るのは、成人式と大昔にあった友人の結婚披露宴以来だ。桜子は苦しくないようにと帯を結んでくれたが、洋服に比べれば、動作一つ楽ではない。それでも、すっきりと髪をまとめ、これも桜子が貸してくれたトンボ玉の簪《かんざし》をさすと、自分でも別人のようだ。

「ねぇ、仁さん。若い方がこういう地味な着物をお召しになるのも素敵でしょう」

桜子の言葉に、仁が澄香を見直し、「そうですね」とうなずいた。

おおおぉぉぉ。イケメンに褒められる日がくるなんて、と思わず赤面したが、いやいや、澄香に対してはサービスをする気はない硬派なイケメンのことだ。どうせ中身ではなく着物を褒めたに過ぎないと思ったが、不思議なもので、着物を着ると自然に背筋が伸びて、立ち居振る舞いも優雅になる気がする。たもとを押さえながら、仁にお酌をする日がくるとは夢のようだ。

仁は古いギヤマンの杯を長い指で持ち上げ、ちろりからつがれる冷酒を受けている。つい緊張で手が震え、ぶっかけそうになるところ、必死で意識を保ち、どうにかミッションを終えた。

「ありがとう」

す、と彼が手を伸ばし、澄香からちろりを受け取り、無言で澄香に杯を持つよう促す。

うわああ、無双イケメンにお酌されるとは。

ちろりと冷酒と杯と仁さんの指と自分の指が、頭の中でミラーボールの光のように交錯する。めくるめくサイケな夢を見るようだ。

「じゃあ、乾杯しましょうか」

桜子の言葉に、かんぱーい！　と軽く杯を合わせる。仁は目を伏せ、すっと杯を口もとに運んだ。喉仏が、ごくりと動き、液体を飲みくだす。

正直に言おう。うっひゃエロっ、と澄香は女性にあるまじき感想を抱いたものである。

視線を感じたのか、彼が目を上げた。

「何？」

ガンダーラ仏のごときまなざしが、澄香に向けられている。かくも不審げに――。

「や。いや、なんとも絵になるなあと思いまして……」

スミマセン（エロい妄想をしてしまいました）と頭を掻く澄香に、仁は「何だそれ」と少し目を細め、笑った。

彼はあの日から、特段変わった様子はない。いつもと同じように、依頼に応じて打ち合わせに出かけ、お客様の希望に添った料理を作る。

彼が抱えるものが何なのか。

自分はそれを知りたいと思うのか。

澄香には分からなかった。

「おりおり堂」七夕のゆうべ。

——おしながき
一、生蛸の薄造り
これは先ほどまで、にゅるにゅると動いていた蛸の足の皮を剝き、身をそぎ切りにしたものだ。

真っ白い薄造りにわさび醬油をつけて口に運ぶと、コリコリした弾力とまとわりつくような食感がある。奥歯でぐっと嚙みしめると、口中に蛸の香りがふわっと立った。
一、鱚《きす》の昆布締め
淡泊な鱚の身に昆布のうまみが移り、柔らかくもねっとりした食感がまた嬉しい。
一、枝豆豆腐
白磁のうつわに盛られたエメラルド色は宝石のようだ。八方だしのおつゆと一緒に木のスプーンで口に運ぶと、枝豆の青くささと豆乳の風味に出汁が絡んで、ぷるんと喉を通っていく。

すっと席を立った仁が火を使っている気配に、反射的に立ち上がりかけると、彼はちらっとこちらを見て、「いいよ山田。座ってろ」と言った。

「おほほ。澄香さん、今日は仁さんにお任せしちゃいなさいな」

桜子にもそう言われ、えーそうですかぁと座り直す。

やがて運ばれて来たのは、アジの身を細かく叩いて、味噌や生姜を混ぜたものを大葉に挟んで揚げたものだった。

一、アジの大葉挟み揚げ

これがまた絶品だ。

新鮮なアジは安定のおいしさだが、そこにかぶさるように、ふわりと立つ味噌の香ばしさ、生姜と大葉の香りをまとめて油が包み、カリッとした食感に仕上がっている。

ちろりの冷酒は、荒削りながらも、きりりとした辛口だ。これをぐびりとやれば、まさしく極楽――と言いたいところだが、本日、目指すべきは和服美人。優雅に、ちびちびやるのである。

一、赤ずいきと薄揚げの煮物

澄香は、ずいきというものを初めて食べた。少し濃いめの味付けで、しっとりと炊きあがっているが、嚙むと、しゃきしゃきした歯ごたえが残っている。繊維の多い食べ物だ。

正体を聞いてびっくり、なんと里芋の茎だそうである。

一、素麺《そうめん》

そして、本日のメインは素麺だ。夏休みの昼ごはんというイメージの強い食べ物だが、本来、これが七夕の行事食なのだそうだ。素麺の元になっているのは、小麦粉と米粉を練ってよりあわせた揚げ菓子で、索餅《さくべい》というものらしい。

藍色絵付けの古九谷《こくたに》の大鉢に素麺を盛り、星に見立てたオクラの薄切りとゆがいた車エビ、錦糸卵に細く切った椎茸の旨煮《うまに》が添えられている。ネギ、大葉、茗荷の細切り、香ばしく煎った胡麻、わさび、生姜、海苔などの薬味類を蕎麦猪口に入れたものが、盆の上に並べられていて楽しい。おつゆは少し薄めの鰹と昆布の出汁。

冷えた素麺に薬味を載せて、いただく。素麺自体にこれといった味はないから、出汁と薬味の勝負みたいなものだが、丁寧な下処理を受けた薬味はそれだけでも十分おいしい。つるつるっと涼しい喉ごしに、錦糸卵や車エビの華やぎ。仁が作ると、素麺さえも特別なごちそうに思えるからすごい。

一、鱧の棒寿司

金串に刺した鱧にたれをかけ、香ばしく焼き上げたものを酢飯に載せて巻きすで巻いたものだ。更に仁は、酢飯の間に大葉と、実山椒を佃煮にしたものを挟んでいた。

一口食べると、ほろりと身が崩れ、香ばしく焼けた鱧の濃厚な味わいに甘辛いたれ、酢の酸味と、米の甘みが渾然一体となって、口中に拡がる。大葉と山椒の香りが遅れて来たところで、冷酒を口に運ぶ。

まさしく天上の美味だった。

桜子にたすきをしてもらい、前掛けをして洗い物を手伝う。といっても、着物を汚してはいけないので、今日は仁がきれいに洗ったものをふきんで拭いて、カウンターに並べ、しかるべき場所にしまう係だ。

後片付けが終わると、仁は桜子に勧められ、歳時記の部屋で筆を取った。短冊に願いを書くのだ。澄香と桜子が書いたものは既に笹に結んで、店の前に飾ってある。

結局、澄香が書いたのは「お料理が上達しますように」と「みんなが健康で暮らせますように」の二枚だ。もちろん、内心では別のことを願っているのだが、諸般の事情により、無難に収めたのである。

ちなみに桜子の短冊は俳句だった。七夕について詠んだ句を、美しいかな文字でさらさらと書いていた。ちゃんと故事にちなんでいるわけだ。

正直に言おう。その文字は流麗すぎて澄香には読めず、ご本人に読み方を教えていただく始末であった。

おまけに筆に不慣れな澄香の字は、ひどいものだ。

来年までにせめてペン習字でも習っておかねばと考え、来年があるのかと思い直し、少し落ち込む自分に驚く。

気を取り直し、さて、仁さんは何を書くのだろうかと、さりげなく周囲をうろついてみる。

テーブルの上に硯《すずり》を置き、仁は姿勢を正して筆に墨を含ませた。墨の香りと、真剣なまなざし。迷うことなく、短冊に筆先を置き、彼は一気に文字を書き終えた。

「何て書いたんですか？」

覗き込んで澄香はびっくりした。こんなにきれいな字を書く人だとは思わなかったからだ。指示を書いた走り書きのメモはもちろん、メニューを記したノートを見せてもらったことはあるが、普段の彼の字は達筆すぎてよく分からなかったのだ。思わず取り上げて、しげしげ見てしまう。

書かれていた文字は「誰もが幸せでいられますよう」だった。

「もういい。じろじろ見るな」

「えーっ、なんでですか」

「恥ずかしいだろ。子供っぽくて」

ぶっきらぼうな口調で言うと、仁は澄香の手から短冊を奪い取り、外に出て行ってしまった。

え、えーと。いやいやいやいや……。ってか、むしろ、そのあなたの今のセリフの破壊力。このギャップ。しかも、無自覚なんだよなぁ、絶対あれ。

こりゃダメだと澄香は思った。

今頃になって、お酒が回ったのだろうか。胸が高鳴り、息が苦しい。

ついには首の後ろの辺りから、何かがぐうっとこみ上げて、目が潤んできた。

今、この場所から去れと言われて離れられるだろうか。

絶対に無理だ。

仁のことをもっと知りたい。容姿が美しいのはもちろんだが、それだけではない。もっと色んな顔を見てみたい。もし彼に弱さがあるのなら、それすらを含めて知りたいと思う。

だが、それは停止線を越えて、相手の方に一歩近づくことを意味する。画面越しに見る二次元のゲームのように安全な立ち位置ではないのだ。

何が出てくるか分からないし、手ひどく拒絶されることだってあり得る。

自分を縛り付けている過去の痛みを思うと、足がすくむ。

傷つきたくないのなら、決してここから動いてはならない。

けれど、それでは欲しい物は何も手に入らないのだ。

午前零時を回り、格子戸を開けて外に出る。どんより曇った空に星はあまり見えなかった。

「あら、残念。でも、大丈夫。空の上はきっと晴れていましてよ」

桜子が朗らかに言う。

「オーナー、毎年そうおっしゃってますね」

澄香の隣に立つ仁が笑った。

気温は昼間に比べてかなり下がっている。少し風が出てきたようだ。袖の下のみやつ口と呼ばれる箇所から風が入り、慣れない和服に汗ばんだ身体の熱を冷ます。入口の格子戸横に置かれた壺に、笹の葉がさわさわと音を立てて揺れている。

「オーナー、この笹はどうするものなんですか？」

「本来は川や海に流すものだそうよ。都会ではなかなか難しいですけどね」

華やかな笹飾りと短冊が、自然の残る景色の中をゆっくりと下り、海に流れていく様を想像した。

この先、どうなるのか。自分がどうするべきなのか分からない。

だが、どちらにしても、仁と桜子と三人で、夜空を見上げたこの日のことは、一生、忘れないだろうと澄香は思った。


七月の終わり、梅雨が明けた。

午後、「おりおり堂」に来客あり。神崎又造氏と久子夫人、娘の政恵さんの三人だった。老夫婦はあの家を売り、老人ホームに入ることに決めたそうで、わざわざそれを報告しに訪ねてみえたのだ。五十年間住んだ家だと聞いて、桜子は「まあ」と声をあげた。

「よく決心されましたこと」

「何。前からこれに、うるさく言われておりましてね」

又造氏は杖に重ねて置いた手の肘を上げて、奥さんを指して言う。

「そうなんですよ。ここまで幸いなことに、二人とも、どうにか元気でこられましたけど、これから何が起こるか分かりませんから……。身体もどんどん弱ってくるでしょうし、動ける内に思い切って、と」

「私たち夫婦は、あそこを建て直して同居しようよって言ってたんですけどねえ」

政恵さんは少し残念そうだ。

「もちろんその気持ちは嬉しいんだけど。でも、この先、あまり迷惑をかけるのも、ね」

同意を求められ、桜子は、そうですわねえと言った。もちろん神崎さんたちとは初対面なのだが、年齢が近いことに加え、桜子の人柄のおかげもあるのだろう。旧知の仲であるかのように話が盛り上がっている。

仁は桜子の隣に座っているものの、挨拶をしたきり、一言もしゃべっていなかった。

「今日は改めて橋さんにお礼を言いに伺いましてな」

又造氏の言葉に、仁は少し意外そうな顔をした。

「あなたの料理に背中を押された気ぃがしたもんやから」

ちらりと関西のイントネーションが顔を覗かせる。

「そうなんです。いくら私が言っても、お父さんたら、ずっと反対で聞く耳も持たなかったんですから」

久子夫人の言葉に、又造氏は、これですわとでも言いたげな表情でおどけて見せた。意外と茶目っ気のある人なのだ。

「こっちに出て来て六十年。まあどうにかここまで来られた。あの家が僕にとっての人生そのものや。死んでもあそこを手放してたまるかと思うてたんですわ」

又造氏は桜子の淹れたおいしいお茶に感激し、時おり話を脱線させたりしながら、語る。

「せやけどなぁ、橘さん。僕の人生いうのんは、どう数えても八十八年あったんや」

仁がうなずく。

「なんや、ごっつう頑《かたく》なに、その前の京都時代をなかったことにしようと思ってきたけど、よう考えたら、そんなもん、消えてなくなるわけあらへんわな。そこも含めての米寿なりけり、っちゅーわけで」

その日々があればこそ、自分は東京に出て来て、生活の糧《かて》を得、奥さんと知り合い、子供が生まれ、仕事上もそこそこの成果をあげた。孫やひ孫に囲まれていられるのも、あの日々があったからこそなのだと彼は言った。

「何が一つ違うても、こうはならんかったはずや」

あの日、四世代が同じ料理をおいしそうに食べているのを見て、改めてそう思ったのだそうだ。

「そう考えて見てみたら、あそこも結構なボロ家《や》でな。なんでこんなもんにしがみついとったんかと急にアホらしなりましてん」

おどけた物言いに、桜子を始め女性たちが笑う。

来月、改めてお別れのパーティーをするとのことで、その予約を入れて彼らは帰って行った。

タクシーに乗り込む神崎さんたちを大通りまで見送り、仁と二人で並んで戻る道すがら。

「仁さん。私にお料理のこと教えてもらえませんか？」

ここ、二、三日ずっと考えていたことを澄香は口にした。

「接客に必要な知識はその都度教えてるつもりだが」

「あ。いや、そうじゃなくて。料理人として教わりたいんです」

仁が立ち止まり、澄香の顔を見る。

「カフェをやるためか？」

そういえば、ここに来た最初の日にそんなことを口走った覚えがあった。

「いえ、違うんです。あの、私、仁さんの料理を継ぎたいんですよ」

「継ぐ？」

仁は大きく目を見開いた。

「俺を殺して、成り代わると？」

なんでそうなる。明後日《あさって》の方向から飛んできた砲弾に澄香は目を丸くした。い、いや待て。これってもしやイケメン流の冗談か。

澄香は慌てて首をふった。

「あ、いや、すみません。そういう意味じゃなくて……。仁さんの京都の十年を私に下さい。じゃなくて、分けて下さい、その日々を」

がばっと頭を下げるも、もはやぐだぐだ。

「お前、何言ってんだ？　意味が分からん」

澄香の頭上で、仁が呆れたような声を出す。

遠回しの告白だろうが、分かれよばか！　と言いたいところだが、さすがにそこまでの勇気はなかった。

ああダメよ澄香、いくら何でも遠回しすぎだわ。もっと何か、気の利いた言い回しはないものかしら？　と久々の乙女モードが顔を出す。で、口をついて出てきた言葉がこれだ。

「重い荷物も二人で持てば半分ではないですか。その半分、私に持たせて下さい」

「いつも持ってるだろ」

そうだとも。そうなんだけど、そういう意味ではないのだ。

恐らく魂が口から抜けたような顔をしているであろう澄香を残し、仁は一人歩き出しながら言った。

「まあ、料理は教えてやるよ。けど、そういうことは、せめてアジぐらいおろせるようになってから言え」

アジ！　おろしてやろう。三枚にでも四枚にでも。

文月《ふみづき》、三時。

青空に、木槿《むくげ》の花の白が映え、近所の店の軒先に置かれたバケツの水に太陽が映り込み、ゆらゆらと揺れている。

澄香は仁の後を追って、小走りに駆け出した。

本書は次の単行本を加筆・修正・改題し、三分冊したうちの一冊目です。
『出張料理・おりおり堂　卯月～長月』（二〇一五年三月刊）
『出張料理・おりおり堂　神無月～弥生』（同年九月刊）
どちらも中央公論新社刊

本文イラスト：八つ森佳
本文デザイン：bookwall

中公文庫

出張料亭《しゅっちょうりょうてい》おりおり堂《どう》
——ふっくらアラ煮《に》と婚活《こんかつ》ゾンビ

2017年10月25日　初版発行

著　者　安《やす》田《だ》依《い》央《お》

発行者　大橋 善光

発行所　中央公論新社
〒100-8152　東京都千代田区大手町1-7-1
電話　販売 03-5299-1730　編集 03-5299-1890
URL http://www.chuko.co.jp/

ＤＴＰ　平面惑星
印　刷　三晃印刷
製　本　小泉製本

Published by CHUOKORON-SHINSHA, INC.
Printed in Japan　ISBN978-4-12-206473-7 C1193

コード	タイトル	サブタイトル	著者	紹介文	ISBN
き-40-4	化学探偵Mr.キュリー3		喜多 喜久	呪いの藁人形、不審なガスマスク男、魅惑の《毒》鍋——学内で起こる事件をMr.キュリーが解き明かすが、今回、彼の因縁のライバルが登場して!?	206123-1
き-40-5	化学探偵Mr.キュリー4		喜多 喜久	Mr.キュリーこと沖野春彦が、なんと被害者に!? 事件に立ち向かったのは春ちゃんラブのイケメン俳優・美間坂剣也。新たな名探偵、誕生か!?	206236-8
き-40-6	化学探偵Mr.キュリー5		喜多 喜久	化学サークルの「甘い」合成勝負、サ行の発音があやうくなる《薬》。そして沖野と舞衣は、理学部地下の冷蔵室に閉じ込められた。この窮地に沖野は…？	206325-9
き-40-7	化学探偵Mr.キュリー6		喜多 喜久	沖野春彦が四宮大学に来て三年半。未だ研究のメインテーマを決めきれずにいる。そんな中、研究室に「ギフテッド」と呼ばれる天才少女が留学してきて？	206411-9
く-23-2	ゆら心霊相談所	消えた恩師とさまよう影	九条 菜月	元弁護士の訳ありシングルファーザーと、「視えちゃう」男子高校生のコンビが、失せ物捜しから誘拐事件までなんでも解決。ほんわかホラーミステリー。	206280-1
く-23-3	ゆら心霊相談所2	キャンプ合宿と血染めの手形	九条 菜月	キャンプ合宿へやってきた尊。朝起きると、足に真っ赤な手形が! 首の包帯、亡くなった妻、弁護士を辞めた理由。変人シングルファーザー・由良蒼一郎の過去が明らかに! ほんわかホラーミステリー第2弾。	206339-6
く-23-4	ゆら心霊相談所3	火の玉寺のファントム	九条 菜月	オヤジ所長、呪われる!? 「聴こえちゃう」オヤジと「視えちゃう」男子校生のほんわかホラーミステリー第3弾。	206407-2
さ-75-1	妖怪お宿稲荷荘		さとみ 桜	休職中の一露が訪れたのは、廃業寸前の旅館「稲荷荘」。従業員も白狐や猫又と、妖怪専門のお宿だった。旅館立て直しを依頼された一露の奮闘が始まる!	206418-8

各書目の下段の数字はISBNコードです。978－4－12が省略してあります。

わ-16-2
御子柴くんの甘味と捜査
若竹七海
長野県から警視庁へ出向した御子柴刑事。甘党の同僚や上司からなにかしらスイーツを要求されるが、日々起こる事件は甘くない――。文庫オリジナル短篇集。
205960-3

あ-67-1
おばあちゃんの台所修業
阿部なを
自然の恵みの中で生きることを大切に――。料理の基本から、おかみとしての人生まで。明治生まれの料理家が語る、素朴に食べること、生きること。〈解説〉岸朝子
205321-2

い-116-1
食べごしらえ おままごと
石牟礼道子
父がつくったぶえんずし、獅子舞にさしだした鯛の身。土地に根ざした食と四季について、記憶を自在に行き来しながら多彩なことばでつづる。〈解説〉池澤夏樹
205699-2

い-110-2
なにたべた？ 伊藤比呂美＋枝元なほみ往復書簡
伊藤比呂美
枝元なほみ
詩人は二つの家庭を抱え、料理研究家は二人の男の間で揺れながら、どこへ行っても料理をつくっていた。二十年来の親友が交わす、おいしい往復書簡。
205431-8

き-30-11
いのちの養生ごはん 暮らしと食べ物エッセイ＆レシピ
岸本葉子
がんを経験した人気エッセイストが提案する体にも心にもやさしい料理。目からウロコのアイディアが満載。シンプルで心地よいご飯エッセイ＋レシピ集。
205806-4

た-28-15
ひよこのひとりごと 残るたのしみ
田辺聖子
他人はエライが自分もエライ。人生はその日その日の出来心――七十を迎えた「人生の達人」おせいさんが、年を重ねる愉しさ、味わい深さを綴るエッセイ集。
205174-4

た-28-17
夜の一ぱい
田辺聖子
浦西和彦 編
友と、夫と、重ねた杯の数々……。四十余年の長きに亘る酒とのつき合いを綴った、五十五本のエッセイを収録、酩酊必至のオリジナル文庫。〈解説〉浦西和彦
205890-3

た-34-5
檀流クッキング
檀一雄
この地上で、私は買い出しほど好きな仕事はない――という著者は、人も知る文壇随一の名コック。世界中の材料を豪快に生かした傑作92種を紹介する。
204094-6